Cómete el mundo y dime a qué sabe

Cómete el mundo y dime a qué sabe

Jessica Gómez

Editado por HarperCollins Ibérica, S. A.
Avenida de Burgos, 8B - Planta 18
28036 Madrid

Cómete el mundo y dime a qué sabe
© 2022 Jessica Gómez Álvarez
© 2022, para esta edición HarperCollins Ibérica, S. A.

De las ilustraciones interiores: © 2022 Ainé Mompó Gómez
Diseño de cubierta: CalderónSTUDIO®
Imágenes de cubierta: Shutterstock

ISBN: 978-84-18976-29-2

A mi madre, Carmen

Cuando empecé a trabajar aquí me daba un poco de vergüenza contárselo a la gente, ¿sabes? Supongo que es una de esas cosas de la juventud: no es que seas más tonta, ni tampoco es una cuestión de que estés equivocada ni nada por el estilo. Es más bien, digo yo, que con los años aprendes a librarte de la mierda que te impide ser feliz, y una de esas cosas suele ser la vergüenza. Es una lástima que la perdamos con los años; ojalá pudiera volver a vivir todo lo que ya viví, pero sin el peso de la vergüenza. ¡Ay…, mira que fui boba!

Diría que otra de esas porquerías —de las que no te dejan ser feliz— es la ignorancia, pero la verdad es que la ignorancia es un regalo. Entiéndeme, no es por ser una bruta en sí, sino por tener la oportunidad de dejar de serlo; por poder mirarlo todo con los ojos limpios y nuevos y maravillarte con todo lo que puedes aprender, con todo lo que el mundo te puede enseñar. Con lo que yo he aprendido aquí gracias a ellas, tengo la sensación de que, ahora que me voy, podría comerme el mundo. Ya te diré a qué sabe.

Pero estoy corriendo demasiado, volvamos al principio: Cuando empecé a trabajar aquí me daba vergüenza contarlo. ¡Portera! ¡Imagínate! La de chistes que podían hacerse. Porque pasa una cosa muy curiosa con esto: la gente piensa en un portero y se le viene a la cabeza algo así como un mayordomo comunitario, un hombre servicial que se ocupa del cuidado del edificio; una portera es una cotilla, una mujer que se pasa el día fregona en mano metiendo la nariz en las vidas privadas de todo el vecindario. Esa era la visión que la gente tenía de las que nos dedicamos a esto. No te voy a engañar: creo que todavía pasa. Pero tú no tengas vergüenza, hazme caso. Nunca. Ni por esto ni por nada.

Tienes por delante un trabajo que es un poco como todos, con sus cosas buenas y sus cosas malas. Eso sí, puede ser muy bonito, y yo no soy de dar consejos por muy portera que sea, pero te voy a decir una cosa: uno de los trucos para ser buena en este trabajo, y en la vida también, es prestar atención a los detalles. Lo importante, lo urgente, **lo vital** está en los detalles. Porque detrás de cada uno de ellos siempre hay una gran historia que contar y, si abres los ojos y los oídos, los detalles te contarán todas las historias que necesitas saber. Aunque para eso, querida, vas a tener que librarte de tus prejuicios. Esa es la parte difícil.

Pero tú no te preocupes, que te voy a hacer un favor: te voy a decir a qué cosas debes prestar más atención.

El pintalabios de Marisa

¿Alguna vez has oído hablar de esas mujeres «absurdas» que se maquillan y se ponen de punta en blanco para ir a la frutería a por tomates? Pues aquí tenemos una. Se llama Marisa, vive en el tercero A.

Fue la primera vecina a la que vi el día que empecé a trabajar aquí. Me acuerdo de que estaba yo sentada en la portería y pasó ella, con la cabeza bien alta, los tacones y una suave sonrisa dibujada en unos labios pintadísimos de rojo.

—¡Buenos días! —saludé.

—¡Hola, hola! —respondió ella, muy amable—. Ay, eres la nueva, ¿no?

—Sí, señora. Es mi primer día.

—Muy bien, hija, pues bienvenida. —Sonrió—. Yo soy Marisa, del tercero A. Si necesitas algo, ven cuando te haga falta.

—Ah, ¡pues muchas gracias! —Aquella mujer era mucho más maja que el presidente de la comunidad que me había contratado. Por darle un poco más de palique, pregunté—: ¿Va usted de paseo?

—¡No, no! —me dijo—. Voy aquí al *lao*, a comprar un poco de compango para el cocido.

Y yo asentí con la cabeza y sonreí, y la despedí con un gesto de la mano, y me quedé pensando: «Hay que ver qué pijerío, emperifollarse de esa manera *pa* ir a comprar chorizos…».

Marisa era una de esas mujeres de las que ya no quedan. Vaya, de las que ya no quedan ahora, que por entonces había muchas.

Tú la mirabas y parecía normal, pero nada en su imagen, nada en toda ella, estaba ahí por casualidad; era el resultado de una colección de rituales que había ido perfeccionando con los años y a cuya cita no faltaba ni un solo día: la piel de la cara y de las manos le olía cada mañana a la Nivea que se había puesto la noche anterior, antes de dormir; sus rizos cobrizos —aunque en realidad ella tenía el pelo lacio y castaño— estaban siempre deshechos, probablemente porque la peluquería la pisaba muy de vez en cuando; un delantal de cuadros cuidadosamente anudado a su cintura desdibujada —y digo cuidadosamente, porque cualquiera se hace un nudo deprisa y de cualquier manera, pero ella no; ella se lo hacía con la misma delicadeza con que un repostero de lujo engalana una tarta de bodas— y unas zapatillas que siempre parecían recién estrenadas, aunque probablemente las estiraba varios años, y que usaba para flotar sobre esa cerámica limpia, tan limpia, tan insultantemente limpia que era el suelo de su casa. La foto la remataban, sin excepción, sus tres toques de particular y glamuroso *brillibrilli*: el anillo de casada, una cadenita de oro de la que colgaba un Cristo crucificado y unos diminutos pendientes de perlas.

Tenía la sonrisa fácil, la voz alegre y los ojos buenos. Una paciencia ilimitada y un amor por su familia imposible de medir. Tuvo dos hijos siendo muy joven (bueno, «joven» de ahora), tanto que, a su treintena mediada, ellos ya eran crecidos adolescentes.

Se pasó media vida cuidando niños; los suyos propios, los de alguna vecina y varios de la familia. Una de las últimas que crio casi como si fuera suya fue a la Sarita, la pequeña de su tía Mari Carmen, que tenía un montón de criaturas y, con eso de que ahora trabajaba fuera de casa, no tenía tiempo para atender a la menor, que no solo había llegado por accidente un montón de años después que sus hermanos mayores, sino que lo había hecho con una guindilla metida en el culo y no paraba quieta. Cómo le aguantaba la paciencia a esa mujer no se explica, salvo que, como decía antes, pues fuera ilimitada.

Su tía Mari Carmen, por cierto, era en parte la culpable de que a ella la llamen Marisa. Así, con una sola ese: Marisa. Porque, en verdad, se llama Mari Carmen, como su tía. Así que le quedó un «Marisa» como diminutivo para distinguirla de la tía y saber de cuál de las dos se hablaba. Marisa, Marisina. Lo cual tampoco tenía demasiado sentido, porque a su tía todo el mundo la llamaba Menchu. Pero, bueno, efectivo sí que fue, porque nunca las confundieron.

Se le pasaban las horas trajinando en casa. Aunque ya conocía (¡y hasta usaba, a pesar de lo poco que le gustaba a su madre!) la fregona, todavía se ponía de rodillas para sacar bien, con un cepillo de cerdas duras (y a veces rascando con las uñas donde el cepillo no llegaba), lo más difícil: esa puta porquería de los rincones y de las juntas de las baldosas. Tenía razón su madre cuando decía que con la fregona no quedaba igual. Su cocina siempre olía a comida rica. Incluso cuando todavía no había empezado a cocinar, estaba perfumada de los alimentos frescos que se repartían entre la nevera, el frutero y el cajón de las hortalizas. Su vida social se reducía, nueve de cada diez días, a la gente del portal; especialmente a las vecinas con quienes compartía patio de luces (la red social de moda por entonces), con las que hablaba

18

mientras tendía la ropa en la ventana porque, como tú comprenderás, con dos criaturas y un marido que todos los días traía de la obra tanta hambre como ropa para lavar, pues no era cuestión de ponerse a parlotear y no estar haciendo algo mientras tanto.

Muchos de sus días se sumaban al siguiente sin salir a la calle porque, si no había que hacer compra, ¿para qué iba a salir? ¿No hemos quedado ya en que con la vida social del patio de luces era suficiente? Dentro de casa se estaba bien. Además, su madre no tenía buena opinión de las mujeres que iban por ahí a tomar café con amigas, como si no tuvieran un marido que atender. Y Marisa era muy buena hija y por nada del mundo quería disgustar a su madre.

Pero no era perfecta y, de vez en cuando, se permitía un pequeño acto de rebeldía. Probablemente el único. Y era de color rojo pasión.

La compra, muy a menudo, la hacía en el Spar, una de esas tiendas de ultramarinos en las que lo mismo comprabas bragas que chorizos porque eran la única opción en mucha distancia a la redonda. De hecho, llevaba ya muchos años siendo la tienda de ultramarinos de Maruja cuando llegó la multinacional y le puso la pegatina de Spar, pero por dentro seguía siendo igual: gris y mal iluminada, como el supermercado de la familia Addams. Y Maruja, entre otras cosas, seguía vendiendo bragas y chorizos.

Cuando Marisa tenía que ir al Spar, se quitaba el delantal de cuadros, se ponía sus zapatos negros de tacón bajo y, frente al espejo del baño, ese en el que su marido había puesto una luz potente para afeitarse, sacaba de su neceser su única barra de labios y se pintaba los morros de rojo. Rojo pasión. Un rojo tan intenso que podría haber pintado los labios del demonio y seguiría pareciendo rojísimo. Y sonreía. Y no veía los dientes que había detrás, que estaban amarillos, torcidos y cariados porque, ya se sabe, con dos criaturas y un sueldo, el presupuesto del dentista nunca alcanzaba para ella. Pero ¿quién iba a mirar sus dientes torcidos, sus rizos deshechos, sus uñas rotas de fregar de rodillas llevando los morros pintados de aquel rojo pasión? Se pintaba los labios (y solo los labios) con la misma pulcritud con que se anudaba el delantal y ya no sonreía como Marisa: sonreía como Gloria Trevi, como Elizabeth Taylor, como Cleopatra pisándole sus marciales testículos al puñetero Marco Antonio.

Y a veces Sarita, la pequeña de su tía, que andaba por allí, era testigo del momento y lo veía del revés. Lo veía como si, en realidad, en lugar de ponerse algo se lo hubiera sacado. Como si se hubiera quitado la careta permanente de la mujer que todos querían que Marisa fuera y que Marisa, por supuesto, era siempre. Aquella que veía entonces, aquella frente al espejo, era su prima Marisa. La de verdad. La que sería todo el tiempo si la dejaran ser lo que ella quería. Y Sarita, fascinada, le preguntaba si podía acompañarla a la compra y Marisa, claro, en su ilimitada paciencia, agarraba su monedero, bien guardado en el sobaco, su enorme cesto de mimbre y se llevaba a la niña a comprar. Y en el Spar Sarita la miraba, estudiando aquella actitud que Marisa tenía cuando se pintaba los labios y que parecía decir: «Esta es la diva que le estoy ocultando al mundo. Esta soy yo, y disimulo porque quiero».

Después volvía a casa, se borraba el pintalabios y se volvía a poner su disfraz. Las zapatillas. El delantal. Entregada esposa, madre e hija. La madre de Marisa la regañaba por pintarse los morros como las guarras y su marido se reía de ella por pintarse para ir a comprar, pero aquel, y solo aquel, era su acto de rebeldía, el mayor de todos: de vez en cuando, le enseñaba al mundo quién era ella en realidad.

Sarita aprendió algo muy importante de aquellas escapadas a la tienda. Aunque hoy, treinta años después, aún no sabe cuánto es cuarto y mitad. Y a veces se descubre pensando que ya no quedan mujeres como Marisa. Es imposible. Porque, bueno…, ya nadie friega de rodillas, ¿verdad?

Cuando yo llegué a este edificio, Marisa llevaba ya muchos años separada y sus hijos ya ni vivían aquí, aunque ellos y la Sarita vienen a verla muy a menudo. Hace tiempo, eso sí, que Marisa se trajo a su madre, que ya está muy mayor, a vivir con ella. Así la puede cuidar bien, aunque la madre todavía la riñe cuando se pinta para ir a comprar. Que parece una buscona, le dice.

En el segundo cajón de la mesa de la portería, atrás, a la derecha, tengo siempre una bolsita de bombones de licor. A mí me dan muchísimo asco, no soporto ni siquiera su olor, pero son los favoritos de Marisa. Si algún día la ves salir y no lleva los labios pintados, párala y ofrécele un bombón. Porque si Marisa no se pinta los labios es que la vida le está pudiendo. A lo mejor se siente enferma y no tiene quien la cuide; a lo mejor su madre tiene uno de esos días en que se le va la cabeza y Marisa cree que la pierde. Quién sabe. Tampoco importa. Lo que sí sé es que, si Marisa no se pinta los labios, entonces necesita una caricia. Así que tú párala y dale un bombón. Pregúntale cómo está. Y el resto ya te lo contará ella.

El sujetador de Sara

No sé si hago bien contándote esto, pero hay una mujer, joven, ¿eh?, yo creo que tendrá ahora como unos treinta y tres años, que en cuanto la veas la vas a reconocer: tiene unas tetas enormes y es muy muy evidente, agresivamente evidente, que nunca lleva sujetador. Es Sara, la del segundo C. Procura no quedarte como una idiota mirándole las tetas como me pasó a mí. Que yo ya sé que es difícil porque son muy grandes y bailan de un lado a otro, pero intenta no quedarte idiotizada viendo botar ese par de pezones, anda, que no te van a morder. Solo son tetas y tú también tienes. Probablemente, también dos.

A Sara nunca le había ido demasiado bien en el colegio.

No es que no sacara buenas notas, no, era todo lo contrario. Sara era brillante, y ese era su problema. Tenía una inteligencia que procesaba el mundo a una velocidad y con un nivel de detalle difícil de comprender para los demás, que solían considerarla impertinente, soberbia, presumida. Sin hacer el más mínimo esfuerzo, jamás bajaba de un sobresaliente. Probablemente no habría podido suspender ni aunque se lo hubiera propuesto. Y por eso se burlaban de ella.

Era una empollona. Una pelota. Una enchufada.

Tampoco fue nunca una niña guapa; ni mínimamente bonita. Tenía unas orejas grotescamente separadas de su cráneo y de un tamaño imposible de ignorar. Tenía una nariz que fácilmente triplicaba en volumen a las de sus compañeras. Cuando era muy pequeña estaba demasiado delgada y cuando era menos pequeña estaba demasiado gorda. Tenía las cejas gruesas y pobladas, los ojos saltones, los paletos prominentes, la frente enorme y una melena innecesariamente larga llena de rizos indomables que su madre se empeñaba en recoger en un moño tan tenso que le tiraba de la cara hacia atrás y hacía que sus facciones parecieran más grandes aún.

Una Dumbo. Una frentona. Una Rosarillo.

Para redondear, vivía en una familia adinerada (que no acomodada): sus padres tenían varios negocios en los que trabajaban como bestias y que funcionaban muy bien, así que en casa de Sara había mucho dinero, aunque muy poca compañía para una niña. La asistenta, Julia, era quien pasaba más tiempo con ella. La cuestión es que, desde fuera, lo que la gente veía era que esa familia tenía mucho dinero, y lo demás era irrelevante.

Maldita ricachona. Niña mimada. Mocosa consentida.

Nunca le había ido bien, pero al cumplir diez años la cosa se puso peor. Ese verano pegó un estirón y se convirtió en la primera niña (de su clase de veintiséis) en tener la regla. Lo que se tradujo en que, a todo lo demás, Sara tuvo que sumar tener, en su cuerpo de niña de cuarenta kilos que volvía a verse muy delgada, unas tetas que se plantaron en una talla 90C en lo que duró el verano. Su madre corrió a comprarle unos *buenos* sujetadores que le sostuvieran (y le disimularan) aquel par de *monstruosidades*. Sara los detestaba. La sensación de opresión, los aros clavándose en la piel, algunos incluso haciéndole heridas en su carne todavía tierna. Aunque, tal vez, lo peor era sentirse culpable y avergonzada por tener pechos ya: el peso de querer esconder aquel par de bultos de piel, tan terriblemente grotescos. Aprendió a odiar sus pechos tanto como odiaba esos horribles y dolorosos sujetadores.

Sus compañeros la seguían insultando, pero ahora además le miraban las tetas mientras lo hacían. Fuera del

27

colegio los hombres también la miraban. Y no la insultaban, pero Sara habría preferido que lo hicieran a tener que descubrir las salvajadas que un viejo de sesenta años era capaz de *gurgutar* al oído de una niña en mitad de un supermercado.

Fueron muy duros para Sara los tres años de colegio que transcurrieron entre aquel verano y su último curso. Pero, después, todo cambió.

Se trasladó al instituto y lo que para otros es un paso difícil para ella fue una liberación. Podía construirse una nueva identidad. Lejos de quien había sido hasta entonces, pudo empezar a ser quien era. Fue su año. Hizo amigos, fue rebelde, aprendió a desobedecer. Su autoestima subía cada día: primero, porque nada intentaba pararla; después, porque nada habría podido hacerlo. Pasito a paso, Sara se fue queriendo a sí misma cada vez un poco más.

Muchas veces se había preguntado por qué en el pasado. Por qué en una clase con veintiséis personas nadie quería estar con ella. Cuál era su gran error, qué era lo que hacía tan mal que la convertía en un ser humano que no merecía estar con nadie. Y, para cuando terminó su primer curso de instituto, tenía, al fin, la respuesta: Nada. Nada de todo lo que le había pasado hasta entonces había sido culpa suya, ella no tenía nada de malo. Y empezó el que Sara creía que sería el mejor verano de su vida, el primero en que se permitiría ser libre, tan grande, luminosa e imparable como se sentía.

Fue a una de las tiendas de ropa más de moda de la capital, se compró un *top* estilo retro precioso, en tonos marrones y naranjas, de tirantes finos cruzados a la espalda. El primer sábado de ese verano, por la mañana, se miró al espejo, desnuda. No solo se miró, se gustó. Se dijo: «Soy grande. Soy genial. Vamos a brillar». Se vistió el torso con su *top* nuevo, y solo el top. Por primera vez en los últimos cuatro años, saldría a la calle sin sujetador. Se miró al espejo una vez más. Respiró profundo. «Vamos allá».

Atravesar su portal podría haberle dado miedo, pero no: era libre, libre al fin. Dejó que el sol le diera en la cara. Notó el movimiento de sus pechos bajo la tela y los sintió amigos por primera vez. Parte de ella. No tenían nada malo; ella no tenía nada malo. Sonrió. Estaba pletórica. Estaba plena. Era Sara. Por fin.

Echó a andar. A diez metros del portal, entró por la puerta del bar de sus padres. Su hermano mayor estaba tras la barra, despachando gente. Entró con paso seguro y una sonrisa en la que era imposible no fijarse. Una conocida la saludó desde una mesa. Sara se acercó a hablar un poco con ella. Cuatro frases de cortesía que fueron y volvieron sin mayor misterio. Cuando Sara se dio la vuelta, su hermano estaba justo detrás. La cogió suavemente por el brazo y la llevó aparte.

En un susurro cargado de gravedad y reproche, le dijo:

—Sube a casa ya. Estás haciendo el ridículo.

Sara no entendía.

—¿Por qué? ¿Qué pasa?

Su hermano la miró con el entrecejo fruncido y los dientes apretados. Serio como nunca lo había visto.

—No vuelvas a salir de casa sin sujetador, ¿entendido?

—¿Qué? ¿Por qué?

—Porque parece mal. ¿No ves cómo te están mirando ese montón de babosos?

—Pero…

—¡A casa! ¡YA!

Y así, en un parpadeo, Sara se hizo pequeñita otra vez. Su aventura del primer día de verano quedó reducida a un paseo de diez metros, entre el bar y su portal. Para volver a casa, cruzó los brazos por encima de su cuerpo para esconder las tetas. No quería que nadie la mirase. Peor aún: no quería que nadie la viera.

Cuando, en su habitación, se quitó el *top* y se miró desnuda en el espejo, volvió a odiar sus pechos. Quizá se había venido demasiado arriba. Quizá sí que ella estuviera mal.

Era una preciosa tarde de principios de julio en una playa tranquila del verde norte. El sol calentaba la piel, la arena y las rocas del acantilado, que desprendían un aromático perfume a hierba húmeda y tierra ferrosa.

Sara estaba en su toalla, hablando con su marido sobre las tonterías de siempre. Esta vez, sobre el color del que pintarían el pasillo de casa.

—El azul me gusta mucho —decía Sara—, aunque el blanco daría mucha luz, pero no sé si no será luego muy sucio…

Su hija Ana, que tenía cuatro años y jugaba cerca, se acercó de pronto con los brazos cruzados sobre el pecho y cara de preocupación.

—Mamá —le dijo—, quiero que me compres otro bañador.

—¿Otro bañador? —le preguntó Sara, que tenía suficiente intuición como para saber que tras aquella petición se escondía algo más—. Tienes muchos en casa, Ana. ¿Por qué quieres comprar otro bañador?

—Quiero uno que me tape las tetas.

Supongo que hay quien diría que a Sara le saltaron, entonces, todas las alarmas. Pero no sería cierto. No fue eso lo que sucedió. No saltó ninguna alarma, sino que, sin aviso previo, la arena se abrió debajo de su toalla y el suelo se tragó su mundo entero, ese en el que creía que estaba educando bien a su hija.

Pero no estaba dispuesta a dejar que Ana se diera cuenta de que ahora estaba flotando, asustada, en el lugar donde antes había una toalla sobre suelo firme.

—Ajá, vale —le dijo—. ¿Y te puedo preguntar por qué?

—Las chicas se tienen que tapar las tetas —dijo la niña, con la resolución de quien dice una verdad incuestionable y absoluta.

—Cariño, las chicas pueden taparse las tetas si quieren, igual que los hombres. Somos libres de llevar el pecho al aire, igual que los hombres también. Podemos hacer lo que queramos.

—Pero tú siempre las llevas tapadas.

Y Sara se sintió desarmada. Podría, probablemente, haber resuelto aquella situación de muchas maneras diferentes. Pero entonces la chica de catorce años que se miraba triste en el espejo de su habitación, aquel primer sábado de verano, miró a su hija a través del tiempo y habló:

—Eso no es cierto. Yo también las enseño cuando quiero. Y… —Y la Sara de catorce años, al fin, gritó fuerte y partió el espejo—. Y, ¡mira!, ahora resulta que quiero.

Sara se quitó el sujetador de su biquini y sus dos grandes pechos, que ahora rondaban la talla 100, sintieron, por primera vez en treinta y pico años, el aire sobre ellos. La pequeña Ana sonrió, descruzó los brazos, y se fue otra vez a jugar. Sara resistió el impulso de esconderse de nuevo. Le gustaba el aire. Notó cómo se le erizaban los pezones. Aquello no estaba tan mal. Miró alrededor: nadie la estaba mirando. Nadie, excepto su marido.

—¿Qué? —dijo ella.

—Que si pintamos el pasillo en blanco o en azul.

La primera vez que vi a Sara aparecer por el portal sin sujetador me quedé atónita porque, oye, con esas tetazas, ir sin sujetador, madre mía. Pero luego, un día, no sé muy bien cómo… Creo que fue una vez que las vi a ella y a Ana que volvían de comprar ropa, que la niña comentó algo de haberse comprado una falda muy estrambótica y su madre decía que lo importante era que le gustara a ella, que podía vestir como quisiera y que ella, Sara, se había comprado una camiseta muy estrafalaria también. Sí, ese día debió de ser.

Ese día me di cuenta de que Sara siempre intenta ser ejemplo para su hija. A veces no le sale bien, también te lo digo. Pero lo intenta. Con muchas ganas. Entonces pensé que ir por ahí sin sujetador es su manera de decirle a su hija que ella también puede hacerlo si es lo que quiere hacer. Porque dicen que los niños hacen lo que ven y no lo que oyen, ¿sabes?

Así que tú no te quedes mirándola fijamente, como si estuviera haciendo algo malo, o ridículo, o inapropiado. Porque ni tú ni yo sabemos si Sara va de verdad tranquila o si le está suponiendo un esfuerzo, pero lo que sí sé es que si lanzas el mensaje de que eso no está bien, no se lo lanzarás a Sara: se lo estarás diciendo a Ana. Y que esa niña, y el resto de niñas, crezcan libres es algo que depende de todas. De ti y de mí también.

Las velas de Olivia

En el cuarto D vive una niña que es, bueno, no sé describirla. Ya la verás. Te aseguro que la verás. Es imposible no verla, porque es como si un ciclón de magia, colores y música atravesara el portal y lo dejara todo lleno de purpurina. De hecho, a veces lo hace literalmente: se pone vestidos y faldas llenos de purpurina y te deja la portería hecha una mierda (aprovecho para comentarte que los accesorios de la aspiradora están en el armario verde).

Pues esa niña se llama Olivia y su cumpleaños es el catorce de octubre. Siempre celebraba su cumpleaños por ahí, pero hace un par de años le dio por empezar a hacer la fiesta en casa y, mira, yo cuando vi a su madre el trajín que se traía por una fiesta infantil, no daba crédito. ¡Pero si cuando yo era pequeña con una tortilla de patata y poco más ya estaba resuelto! Yo la vi el jaleo que montó y me pareció que la mujer no estaba bien. Me acuerdo que pensé que esa lo que quería era quedar bien en Instagram.

Pues mira: Olivia este año cumple nueve. En el cajón de abajo de la mesa de la portería, te dejo una caja llena de velas. Por favor, acuérdate de dárselas a su madre una semana antes del cumpleaños de la niña.

Solo faltaba un día para la fiesta y Arantza lo tenía todo planeado. Después de un año muy duro para la familia, Olivia, su hija mediana, iba —por fin— a celebrar su séptimo cumpleaños. La niña estaba emocionada hasta los huesos, llevaba semanas hablando de la fiesta que iba a hacer en casa. La única restricción que había puesto Arantza a la infinita sociabilidad de su hija era que tendrían que ser pocos invitados, tres como mucho, pero, a cambio, podía pedir todo lo que quisiera. Y Olivia no se había cortado un pelo a la hora de pedir: quería una piscina de bolas (por supuesto, llenita de bolas hasta el desborde), una guerra de globos de agua, un fuerte en el salón con luces de colores y una merienda a base de sándwiches y muchas —MUCHAS— patatas fritas y marranadas varias. Y quería, con todo su ser, una tarta de unicornio.

Hacía ya mucho tiempo que Arantza no organizaba una fiesta, pero estaba decidida no solo a darle a Olivia la que se merecía, sino a prepararlo todo con el máximo secreto y darle así una gran sorpresa. Porque era una niña, y porque lo había pasado muy mal el último año. Tenía que ser una fiesta perfecta.

No fue para nada una tarea fácil, porque Arantza, por aquello de que tenía más hijos, una casa y un trabajo fuera de ella, no disponía de demasiado tiempo libre para ocuparse de los pormenores. Además, la abuela estaba pachucha otra vez y, día sí, día también, se ocupaba de ir a hacerle la compra, o de llevarla al médico, o de irle a la farmacia o de, aunque fuera, hacerle una visita. Lo mínimo era llamarla por teléfono: una llamada «breve» para la abuela, una hora culpablemente larga para Arantza, que aprovechaba para ir fregando platos o doblando ropa mientras su madre le contaba por quinta vez que había hablado con Engracia por teléfono y que le había encargado plátanos.

Pero Arantza, acostumbrada a que su agenda (y su vida toda) fuera una obra hecha de encaje de bolillos, consiguió meter con calzador la organización de la fiesta en ese enorme bloc de notas que era su cabeza, y fue tachando tareas conforme pasaron las semanas:

Se hizo con una piscina plegable, pero resistente como para aguantar a cuatro niños dentro; que fuera lo más grande posible, pero que cupiera tanto en el salón como en la habitación de Olivia.

Consiguió, de segunda mano y provenientes de cuatro personas diferentes, la friolera de ochocientas treinta bolas de colores para rellenar la piscina y, lo que fue casi más difícil, una caja lo bastante grande como para guardarlas todas hasta el día de la fiesta.

Desenmarañó la guirnalda de luces de Navidad y lavó todas las mantas grandes que había en casa, que después de unos meses sin usarse olían a polvo y a cerrado.

Compró, de lo más barato del súper, una sandwichera y una tostadora, porque Olivia quería sándwiches de jamón y queso y otros de crema de chocolate, pero en pan tostado, que estaban más ricos.

Buscó tipos de globos de agua hasta que encontró unos que se rellenaban con un ingenioso sistema medio automático y prometían «Cien globos en sesenta segundos». Aunque, al final, Arantza se dejó los pulgares en aquella mierda, que le temblaron luego dos días por culpa de la artritis.

También quiso comprar un par de regalos para que sus hermanos se los dieran en la fiesta, y otro más (el mejor de todos) de parte de la abuela, que no podría ir porque estaba pachucha, pero quería que tuviera el suyo.

Lo que más le costó fue la tarta. Preguntó en los locales de repostería de su pequeña ciudad, pero ninguno podía

coger encargos para esa fecha. Y preguntó a un par de arte-
sanas que iban por su cuenta, pero ninguna sabía hacer la
tarta de unicornio que ella quería. Así que, en un giro de
tuerca, fue comprando adornos no comestibles: unicornios,
nubes, arcoíris, pompones de colores, diminutas guirnaldas.
Le compraría a Olivia su tarta favorita, la de *mousse* de chocolate, y la adornaría con aquellas maravillas de colores. Esperaba que le gustara.

Es cierto que su marido no trabajaba esos días. En la
empresa les acababan de hacer uno de esos ERES trampa y
media plantilla se había ido *pa* casa. A Arantza le iba bien
que él estuviera para ocuparse de comidas, cenas, baños y
demás historias, pero la fiesta era cosa suya. De ella. Porque
él era bastante desastre en temas organizativos, la verdad. Seguro que no miraría bien los tamaños de piscina, que compraría pocas bolas, que no lavaría las mantas… Seguro que,
si no encontraba tarta de unicornio, se quedaría con una de
chocolate sin más. Ni adornos ni nada. Y Arantza quería que
la fiesta fuera perfecta, porque Olivia se lo merecía.

El día antes de la fiesta todo estaba listo. Era viernes y
Arantza tenía que acompañar a su madre al médico, así que,
cuando dejaron a los niños en el colegio y se separaron,
Arantza le dijo a su marido:

—Hazme un favor: ya que vas a ir a comprar leche,
compra también velas para la tarta. De las pequeñas, para

poner siete, que Olivia prefiere soplar muchas —le pidió—. No hace falta que traigas nada más, a por lo de la merienda iré yo mañana con ella. Pero no quiero que vea las velas ni nada de la tarta; eso quiero que sea una sorpresa.

El día de la fiesta llegó. Arantza y Olivia fueron por la mañana a comprar todo lo de la merienda, todo lo que Olivia quería. Y llegaron a casa y, después de comer, empezaron a prepararlo todo para los invitados, que llegarían pronto. Y la fiesta fue todo lo que Olivia quería: sus mejores amigos, la piscina de bolas, los globos de agua, la merienda, las guirnaldas de luces de colores… Cuando los niños estaban merendando, y sin que Olivia la viera, Arantza sacó la tarta de la caja que la ocultaba en la nevera y todos los adornos de su escondite secreto, entre los libros de su dormitorio. Montó la tarta y la miró. Qué digo: la admiró. Hasta ese momento no estaba segura de si iba a quedar bonita, pero ya la tenía y era perfecta. Entonces llamó a su marido con un grito lo más discreto posible y, cuando él entró en la cocina, Arantza, con una sonrisa de satisfacción absoluta, le dijo:

—Tráeme las velas, por favor.

Y, antes de que él dijera nada, a Arantza ya le había cambiado la expresión porque, después de tantos años, quizá otra cosa no, pero vaya si sabía leerle la cara a su marido.

—Hostias, me olvidé —dijo él.

Arantza quiso agarrarse a un clavo ardiendo:

—Dime que estás de broma —suplicó.

—Joder, cariño, lo siento. Me crucé en el súper con mi hermano y se me fue. —Y añadió rápido—: Voy ahora a por ellas.

Arantza, en realidad, lo que quería era gritar: «¡No te necesito de paseo, te necesito aquí, ayudándome con los niños, gilipollas!», y estrangularlo. Pero, en pos de ser práctica, decidió no hacerlo porque, si lo hacía, tendría que ir ella a buscar las velas y no podía dejar a seis criaturitas solas con un cadáver en casa porque aún faltaban un par de semanas para Halloween. Así que, en lugar de segar la vida de su marido, optó por un escueto:

—OK.

Él se fue volando a recorrer el barrio de tienda en tienda en busca de siete velas. Arantza reorganizó la nevera para poder esconder otra vez la tarta (que ya montada ocupaba un montón de espacio extra) y llamó a su hija:

—Cariño, hemos tenido un *problemín*. Nos faltan las velas. —Olivia empezaba a poner cara de disgusto cuando su madre añadió—: Pero no te preocupes, que papá ha ido al súper a comprarlas, ¿vale? Enseguida viene. Solo que la tarta va a tardar un poco más, ¿sí?

La niña asintió y volvió con sus amigos. Cuarenta minutos después, papá volvió con las velas, salió la tarta y Olivia gritó muy fuerte porque «era la tarta más bonita que había tenido en toda su vida». Luego llegaron los regalos, los abrazos de gratitud, el suelo lleno de papel de colores y la despedida de los amigos.

A eso de las diez de la noche, la abuela llamó por teléfono. Quería hablar con Olivia para felicitarla y para preguntarle si le había gustado su regalo. Arantza, que estaba en ese momento desmontando las luces, la oyó decir:

—¡La fiesta muy bien, abuelita! ¡Ha sido perfecta! —Ahí estaba lo que Arantza tanto deseaba oír: «Perfecta». Lo había conseguido, su hija había tenido su fiesta perfecta—. Sí —la oyó seguir—, menos mal que fue papá a buscar las velas porque, ¿sabes qué?, que mamá se olvidó.

De verdad que es muy importante que te acuerdes de darle las velas a Arantza. No es por las velas, supongo que lo sabes. Es una manera de decirle que, oye, no tiene por qué ocuparse ella de todo y que no está sola en el mundo. Que puede pedir ayuda y que, bueno, a lo mejor la portera no es la más indicada para montarle una fiesta, pero que si necesita algo lo puede decir.

Yo el año pasado le di las velas. «Un regalo para Olivia», le dije que eran y, oye, pues que se le escapó una lágrima y todo, y me dijo que las usaría. Y las velas no sé si las llegó a utilizar al final, pero el día de la fiesta vino a preguntarme si tendría un rollo de celo, que tenía que envolver un paquete y se le había acabado. Fíjate, desde el cuarto bajó a pedírmelo a mí. ¿Y sabes por qué? Porque sabía que podía.

El regalo no son las velas. El regalo es un «estoy aquí».

Los pendientes de Laura

La vecina del primero D no hace mucho que vive aquí. Se llama Laura. Una mujer joven, le calculo unos cuarenta, aunque puede que no llegue. Tiene dos niños. Y cuando va a algún sitio importante se pone unos pendientes que, te lo juro, son casi tan grandes como su cabeza. Unos aros de esos que se llevaban hace un montón de años entre las chonis. No sé si se siguen llevando, la verdad.

Que yo me acuerdo que la primera vez que la vi salir por esa puerta, con esos pendientes, pensé que había que tener mal gusto para ponerse una cosa así. Sobre todo, una mujer de su edad.

Laura era una chica mona. Eso le decían siempre. «Mona». No era una de esas bellezas espectaculares de las revistas de los años dos mil, ni mucho menos. Lo que pasa es que tenía una personalidad carismática, y unos ojos marrones, luminosos y transparentes como la miel de brezo, que atraían hacia sí todas las miradas. Tampoco es que fuera demasiado lista, pero de tonta no tenía un pelo. Estudió Farmacia y todo. Y, además, era una bella persona. Pues eso: «Mona», decía la gente que era.

En su adolescencia Laura tuvo un novio normalito. Razonablemente buena persona. Ni muy guapo ni muy feo. Ni muy listo ni un idiota. Una relación ni muy larga ni muy corta que pasó sin pena ni gloria y terminó cuando Laura se dio cuenta de que necesitaba tomar aire, ver mundo, conocer gente y estar con muchas personas antes de atarse a alguien para siempre y entregar su juventud. Así que las ansias de libertad de Laura rompieron con *novio estándar número uno* y se le llenaron de aire los pulmones. Tanto como si fueran a echar a volar. Y, quién sabe por qué razón, lo primero que hizo ella fue irse de compras. Necesitaba algo que clamara por fuera que por dentro había una Laura nueva. Que, cumplidos ya los veinte, no era «una chica mona». Quería, necesitaba ser una mujer, una diva, ¡una puta estrella del *rock*! Se compró algo de ropa atrevida, algo de maquillaje llamativo, unos zapatos de tacones imposibles... Y unos pendientes como los de la Juani: unos aros que, de haber sido solo un par de centímetros más grandes, habría podido perfectamente usar como *hula hoop*.

Pero la loca soltería de Laura duró lo que una sonrisa en una peli de Clint Eastwood. Dos semanas después de haber dejado a su primer y único novio, fue de fiesta con sus amigas desde Nules a Burriana, ataviada con su ropa nueva y sus enormes pendientes. Allí se encontraron con un grupo de amigos… y lo conoció a él: el primo de uno de los chavales de Burriana, que había ido desde Cambados, un pueblo pontevedrés, a pasar las vacaciones.

Eran cinco las amigas que tenía Laura, y todas querían estar con el recién llegado; ese tío guapísimo, puro magnetismo, que además contaba con ese exótico añadido de ser «de fuera» (porque si eres de fuera eres el exótico y punto, lo mismo da que seas de Brasil que de Albacete). Puede que, por eso, porque todas querían estar con él, Laura no se pudiera creer que ese pibón quisiera estar con ella. Pero sí: Laura fue, entre todas, la elegida. Ella, que tenía claro que quería vivir el viento y no atarse a nadie. Aunque tal vez fuera precisamente eso lo que hizo que él se fijara en ella. Era la que se resistía. La difícil. La fiera que tendría que domar.

Y lo hizo.

La domó.

Los dos empezaron, sin saber Laura muy bien cómo, una historia que duró dieciocho años y que se construyó a base de constancia sobre un suelo de láminas de caramelo, pegajoso y frágil.

Aquel primer verano, después de conocerse, el exótico visitante fue a ver a Laura cada día a Nules. A hacerle saber que, para él, era la mujer más preciosa, inteligente e increíble que podía existir sobre la faz de la tierra.

Para cuando llegó el otoño, las ansias de libertad de Laura se fueron con su nuevo amor a respirar el aire de Pontevedra. Lo dejó todo atrás: la familia, las amistades, el trabajo, el Mediterráneo, el sol, su hogar. La primera vez que, ya en Cambados, salieron a cenar, Laura se miró al espejo, con aquella ropa (ya un poco menos nueva), con sus pendientes enormes, y se sintió feliz. Feliz y fuerte. Grande y libre.

Él entró en la habitación, la abrazó y miró el reflejo de ambos en el espejo. Entonces arrugó la frente y se apartó de ella.

—Esos pendientes son un poco grandes, ¿no? —dijo sin más—. ¿No tienes otros?

Laura titubeó un poco.

—Pues… No, no tengo otros, no —contestó—. No he traído más.

—Pfff… Pareces una poligonera. —Ante el gesto crudo de Laura, que en ese preciso momento se preguntaba qué coño hacía ella en la otra punta del país con aquel gilipollas, él se movió, sacó una cajita del interior de un cajón y, adornándola con una sonrisa chulesca, se la entregó—. Toma, anda. Menos mal que estoy yo aquí.

Laura cogió la caja y la abrió. Dentro había unos diminutos pendientes de oro blanco con forma de corazón.

Respiró hondo, lo miró a él, que seguía con aquella mueca parecida a una sonrisa generosa, y se convenció a sí misma: Solo era una broma. No podía enfadarse con él por tener un sentido del humor un poco peculiar. Seguro que no pretendía hacerle daño. Esos pendientes minúsculos eran horrendos, pero el pobre tenía buena intención. Así que Laura se quitó los suyos, esos hechos de latón y aires de libertad, y se adornó las orejas con los pequeños corazones que su novio le acababa de regalar.

Y empezó a desaparecer.

Desaparecía un poco, cada vez.

Cada vez que él le lanzaba un comentario hiriente acerca de su aspecto.

Cada vez que ella hacía una nueva amistad y luego cortaba la relación porque él no la aprobaba.

Cada vez que él la desalentaba a aceptar el reto de un buen trabajo porque «no la valorarían como ella se merecía».

Cada vez que se iban de viaje y él insistía en conducir porque «tú no estás para conducir tanto tiempo».

Cada vez que iban cerca y siempre conducía él porque «yo conduzco mejor».

Cada vez que la casa estaba desordenaba y ella era el desastre.

Cada vez que uno de sus hijos se ponía enfermo y, de alguna manera, era culpa de ella.

Cada vez que no había dos lonchas de jamón serrano para desayunar por las mañanas porque la muy inútil no había ido a la compra.

Cada vez que engordaba un poco. Gorda cebona, asquerosa.

Cada vez que adelgazaba demasiado. Sifilítica, que no tienes ni media teta que agarrar.

Cada vez que iba a la peluquería, la muy zorra, para ponerse guapa para el resto de padres del colegio. Pedazo de golfa, ¿por qué te maquillas?

Cada vez que él bebía.

Cada vez que él le gritaba.

Cada vez que la insultaba.

Cada vez que algo se rompía.

Cada vez que los niños lloraban.

Cada vez que a Laura se le ocurría quejarse de su vida y suplicar por volver al lugar donde se había sentido ella misma por última vez: a su sol, a su hogar. Puta desagradecida, si lo tienes todo, TODO, gracias a él.

Sin él, no vales nada.

Sin él, no eres nada.

Hasta que se rompió. El suelo de caramelo sobre el que se habían construido durante dieciocho años se quebró. Y el aire se filtró por esas grietas y, con él, Laura se llenó los pulmones y dijo basta.

No fue fácil.

No fue rápido.

Laura había desaparecido tanto que ya no estaba allí.

No la Laura que ella era. No la que, apenas un suspiro más atrás, quería ver mundo y conocer gente. No la valiente. Esa Laura ya no estaba, pero la haría volver.

En lo alto de un armario, donde guardaba las cosas que conservaba de sus años más jóvenes, esas que se había traído desde Nules, tenía una bolsa de papel. Se la llevó ante el espejo, sacó de ella los enormes pendientes, que no había vuelto a ver, y se los puso. Le parecieron feísimos. Pero eran suyos. Ella tenía que estar ahí, en alguna parte, y la haría reaparecer.

Cuando, meses después, él la vio aparecer en el juzgado, reconoció los pendientes. Y, seguramente para intentar ridiculizarla, se rio de ella. Pero eso solo fue porque tuvo miedo; porque, aun no siendo consciente, entonces lo supo:

La había conquistado.

Se la había llevado.

Había conseguido asustarla.

Había llegado a someterla, incluso.

Pero nunca, jamás, fue «una fiera» que él pudiera domar.

Los pendientes son como una careta, ¿sabes? Ella se los pone para recordarse quién es cuando le vuelve la inseguridad. Porque está en proceso y, muy probablemente, será un proceso duro y, aun después de que termine, tardará un tiempo en recordar quién es, se ponga o no esos pendientes. Pero no me cabe duda de que lo hará.

Hasta que ese día llegue, cuando la veas con los pendientes, recuerda: Va a algún sitio importante y necesita seguridad. Así que, cuando pase, solo salúdala, sonríe muy fuerte y dile: «Madre mía, Laura… Pareces una estrella del *rock*».

Es que esto pasa mucho, ¿eh? No te creas. Vas acumulando basura, cada vez más, y te acostumbras tanto a la peste que no te das cuenta de que llevas ya tiempo conviviendo con un pedazo de mierda.

Por cierto, que la basura la recogen los martes y los viernes. Los cubos están en el sótano, en el primer cuarto, antes de los trasteros. Y lo siento mucho por ti, pero te va a tocar arrastrarlos escalera arriba, porque el ascensor hasta abajo no llega. Hay que sacarla a las diez en punto de la noche. Ni un minuto antes, o algún vecino vendrá a quejarse por tener la basura en la calle oliendo mal, debajo de las ventanas y de sus delicadas narices. Pero ni un minuto después tampoco, porque, aunque es verdad que raro es que el camión pase antes de y veinte, el horario de esta calle es «A partir de las diez», y como pasen a esa hora y los cubos no estén te vas a tener que comer la basura en el portal cuatro días más, y créeme que no quieres eso.

Hubo una vez que tuve una bronca gordísima con una vecina por esto, porque, suerte la mía, alguien había dado una cenorra y uno de los cubos tenía una bolsa llena de cabezas de gamba. Y yo saqué los cubos pasados tres minutos de la hora y el camión se había ido ya, sin mi basura. Y no sé si tú sabes cómo huele una cabeza de gamba podrida, pero yo creo que estos pisos valen treinta mil euros menos desde que tuvimos ese cubo un fin de semana entero en el portal. Y entonces esta vecina, lo que te digo, me empezó con que la peste era culpa mía por no haber sacado los cubos a la hora, y yo, que todavía llevaba aquí poco tiempo, me *engarré* con ella y la invité a que sacara ella los cubos la próxima vez, si es que podía con ellos con esos taconazos que llevaba. Y la tía, ni corta ni perezosa, a las diez de la mañana que eran, bajó al sótano, cogió el cubo con las cabezas de gamba, lo arrastró escaleras arriba y se lo llevó. Volvió a las doce y media de la noche con sus taconazos, una sonrisa enorme y el cubo vacío.

Mira que me han caído golpes en la vida, pero no recuerdo yo ninguna otra vez que una sonrisa me supiera tanto a bofetada.

Los zapatos de Menchu

Hay una vecina que es un espectáculo andante. Literalmente: verla andar es un espectáculo. Sus zapatos lo son. Creo que podría apostar un dedo y no perderlo a que tiene, al menos, un par diferente para cada semana del año. Menchu es una mujer alta, espigada, siempre impecablemente vestida y peinada, con su bolso negro de polipiel y su bolsita de rafia de la mercería de enfrente. Vive en el quinto D y, si estás atenta a los ecos de la escalera, la reconocerás por el repique de sus andares; la reconocerías en medio de unos carnavales. Tratrá, tratrá; punta, talón.

Cuando me enteré de que tenía un bar y que trabajaba allí de cocinera, yo no daba crédito. Bueno, sí me lo creí, claro, porque eso (entre otras cosas) explicaba lo de los horarios imposibles para entrar y salir que tenía la mujer… Pero yo intentaba imaginármela de pie en esa cocina con esos modelitos que llevaba en los pies y me parecía ridículo.

Luego también supe que, en la bolsita de la mercería, llevaba unos zuecos (lo que me pareció tan lógico que pensé si no sería yo un poco idiota por no haberlo pensado antes) para cambiarse al llegar al trabajo que, por cierto, está aquí al lado, a menos de cien metros. Y pensar que se ponía ese abanico de imposibles solo para ir y volver a la cocina… Pues me pareció ridículo también.

Menchu tuvo sus primeros zapatos a los nueve años.

Sé que es difícil de creer. Tú tienes a una mujer frente a ti, aparentemente normal, y no se te ocurre pensar que esa mujer puede, alguna vez en su vida, no haber tenido zapatos. No «muchos» zapatos. Zapatos. A secas. Cómo puede alguien, en los últimos… no sé, ¿cien, cincuenta años?, no haber tenido zapatos. Es un absurdo. Una realidad tan lejana, esa de imaginarse a una niña sin zapatos, que nos traslada al medievo, esa época que siempre imaginamos oscura y desabastecida de todo.

Bueno, tampoco lo podemos negar: puede que la infancia de Menchu tuviera algo de medieval.

Vivía en una casa de mampostería, típica de los pueblos de montaña como el suyo. Una sola habitación, sobre un establo en el que jamás tuvieron ganado alguno (a excepción de, una vez, un cerdo), hacía las veces de cocina y sala de estar. Incluso tenía un hogar en el medio. En la otra estancia —separada de la principal por una puerta hecha con poquísima madera y escaso ingenio— compartían suelo varios jergones de hoja de *panoya*. ¿Y el baño? Pues lo normal, en su pueblo, por entonces: en la huerta más cercana.

Era la pequeña de cinco criaturas: dos hombres y tres mujeres. Y las tres chicas se llamaban María. María Josefa, María Engracia y María del Carmen. Curiosamente, las mayores eran en su casa Josefa y Engracia. Y a ella, aunque años más tarde la llamarían Menchu, durante toda su infancia la llamaron María. De manera que la protagonista de esta historia, por no tener nada propio, no tenía ni un nombre que fuera suyo, porque hasta eso era compartido. Y, si no tenía nombre, no digamos ya zapatos.

No siempre iba descalza, claro. A veces en su casa podían comprarle algo de género al espartero (el que trabajaba con el esparto, no el del caballo). Era esparto del malo, por supuesto. El de los descartes. Y con él apañaban unas alpargatas. Si caían en junio, con suerte, podían aguantar bien hasta septiembre, antes del primer agujero. Ningún par, jamás, sobrevivió a tres días de nieve. Cuando a Menchu se le rompían sus alpargatas, dejaba de ir a la escuela hasta que hubiera más esparto o se derritiera la nieve, lo que pasara antes.

Tenía nueve años cuando a su hermana Josefa (diez años mayor que Menchu) la empezó a cortejar un mozo que de vez en cuando pasaba por el pueblo. Un raro, delgado como una vara y con la tez blanca como un susto en Difuntos. Y en su afán por cortejar a la mediana de las Marías y demostrarle que la podría cuidar, jugó un movimiento digno del mejor maestro de ajedrez: un día llegó con un palo, le pidió a Menchu que posara el pie encima e hizo dos marcas con una navaja: una delante del dedo gordo, otra justo tras el talón. Unas semanas después, le entregó a la niña una caja de cartón corrugado cerrada con un lazo de cordel. Dentro había unos zapatos.

Los primeros que tuvo Menchu.

Eran de charol rojo. Si Menchu hubiera conocido el cine, tal vez se habría dado cuenta de lo mucho que sus zapatos se parecían a los chapines de rubíes de Dorothy. Cierra los ojos. Mejor en casa que en ninguna parte.

Menchu, de las películas, solo había oído hablar a algún que otro pasante en el *mercao,* pero de que aquellos zapatos eran mágicos no le cabía la más mínima duda.

El mozo que cortejaba a su hermana había tenido la picardía de mandar hacer los zapatos un poco grandes. Como un par de dedos más largos que la marca del palo que había usado para medirle el pie. Eran buenos y amplios. Menchu pudo usarlos muchos años. Bueno, podría haberlos usado mucho, pero, a decir verdad, contaríamos con los dedos de una mano las veces que se los puso. No quería estropearlos. Eran los únicos que tenía. Y, mientras al lado de su jergón estuvieran aquellos zapatos, cualquier cosa podía suceder.

Primero tuvieron gallinas y él iba de puerta en puerta, por todo el pueblo, vendiendo huevos. Dos mil gallinas llegaron a tener Menchu y su marido. Ella podría vivir más de cien años y en el último de sus días seguiría teniendo arcadas al recordar el olor de aquel gallinero. Después tuvieron una tienda de decoración y, más tarde, un bar.

También tuvieron varios niños, una casa pequeña, luego otra más grande, luego un piso, luego otro con ascensor. Y tuvieron coche, y cenas y viajes y, en fin, supongo que todas las cosas que un matrimonio puede querer. Los zuecos de ir a trabajar (que era lo que se ponía dieciséis horas al día), después de ser escrupulosamente limpiados y listos ya para volver a la bolsita de la mercería, estaban siempre en el recibidor, junto a la puerta. Pero Menchu tenía un armario, uno grande, lleniiito de calzado para ella; un armario enorme repleto de preciosos zapatos de vestir. De varios colores, de tacón y planos, brillantes y mates.

A su hija pequeña aquel armario le producía un repelús insoportable porque «olía raro». Olía a betún y alcanfor, pero la niña, que no tenía ni idea de lo que era el betún ni el alcanfor, estaba convencida de que el horno de una bruja tenía el mismo olor. Puede que por eso estuviera absolutamente convencida de que su padre tenía razón (y creció pensando que así era) cuando decía que aquello era frívolo, presumido, absurdo, superficial, vulgar incluso. Totalmente innecesario.

De hecho, una vez, Menchu y su marido discutieron. No discutieron por los zapatos (ve tú a saber por qué discutían esa vez) pero los zapatos aparecieron de repente, como quien invoca un demonio, en medio de los gritos y con la niña delante cuando el hombre decía:

—Ya estás tardando en tirar toda esa mierda, que solo está ahí para criar moho, Menchu. A ver para qué coño lo quieres si siempre estás cansada, si nunca quieres ir a ningún *lao*.

Entonces Menchu, sacando a relucir una educación que podría atribuirse (o no) a una mujer que perdió muchos días de escuela por no tener zapatos que la llevaran por la nieve, dijo algo que provocó que su marido la llamara histérica, y bruja, y víbora, y un montón de cosas más que una persona no debería llamar a otra delante de una criatura inocente.

Algo que su hija recordaría siempre, pero que tardaría muchos años en llegar a comprender:

—Trabajo, me lo gano y me lo gasto en lo que me da la santa gana. Si tú quieres unos zapatos de esparto —dijo, clavándole el índice en el pecho a su marido—, te los pones tú en los huevos. Y luego te vas a la mierda, José.

Fíjate, Menchu ya está jubilada, pero mantiene las dos cosas: la bolsita de la mercería —en la que suele llevar papeles, un fular y chucherías para los nietos— y los zapatos. Y mira que a una le parece mentira pensar que esas piernas, a esa edad, después de una vida entera trabajando de pie, cociéndose en el calor de una cocina a fuego lento, puedan estar bien ahí, en ese abanico de imposibles. Pero, mira, creo que ella no puede meter los pies en un lugar mejor.

Lo entiendo. Es difícil tener una mujer frente a ti, aparentemente normal, y pensar que alguna vez ha podido no tener zapatos. Es absurdo, ¿a que sí? Es... demasiado medieval.

El cepillo de dientes de Jessica

No te lo voy a negar: a veces sí que me gusta cotillear un poco. En el tercero B vive una medio famosilla. Que no es famosa, vaya, pero la gente del barrio, sobre todo la gente mayor, cree que sí. Ella dice que es escritora, pero, vamos, nada que ver con la idea que tú puedas tener de lo que es una escritora, ya te lo voy adelantando. Es de esas que sobre todo escriben por Internet y que ha publicado un par de libros, pero nada del otro mundo. La mayor parte del tiempo se le va en ser madre y ama de casa. Aunque me da que ninguna de esas dos cosas se le da especialmente bien. No tienes más que mirar las macetas que tiene en la cocina, en las que todos los años planta albahaca, o romero, o tomillo o cualquier cosa y, después, nunca se acuerda de tenerlo cuidado y acaba comprando las cosas de bote, en el súper, mientras las macetas se le llenan de palos secos.

Yo alguna vez he echado un ojo a sus redes sociales. Siempre la vi muy de postureo, ella. Que si respeto, que si apego, que si todo dulzura y azúcar, y luego es tan mundana, tan imperfecta y tan poca cosa como la que más. La calé la primera vez que la oí gritar: hizo eco en todo el patio. Clamando por su cepillo de dientes.

Jessica vio sus ojos, hinchados de llorar, en el espejo, y solo acertaba a pensar que ser madre es una mierda.

No por los niños, no. Para ella siempre fue maravilloso compartir su vida con unas pequeñas (grandes) personitas que la llenaban de orgullo y alegría.

Tampoco era ejercer como madre lo que la hacía sentir así. Lo típico: hacer desayunos, ir a tal o cual sitio, ver pelis, jugar… Incluso seguir los ritmos del colegio. Eso está bien. Va con la profesión.

Era ella. Era esa persona en la que se convirtió cuando fue madre. Ser esa persona: eso era una mierda.

Porque resulta que lo que pasó al convertirse en madre, y esto no se lo había contado nadie, es que hizo suyas las necesidades de toda su familia.

No era un: «Claro, es que hay que dar de comer al bebé

y blablablá». No, no, no. Iba mucho más allá. Era algo más intenso. Era como un parásito echando raíces en su pecho y diciéndole que ella no podía comer si existía la más mínima posibilidad de que alguien de su familia quisiera ese trozo de pan que pretendía llevarse a la boca.

Y eso es una mierda.

Tienes un bebé, que es cien por cien dependiente de ti, y crees que será diferente cuando crezca y «ya no te necesite tanto». Joder, qué gran mentira. Crecerá y tendrá muchas más necesidades. Y tú seguirás anteponiendo todas las suyas a todas las tuyas.

Las suyas: las de todos. Las de todos los hijos que tengas y las de todos los miembros de tu familia que vivan bajo tu mismo techo (y, a veces, las de los que están bajo otro techo también). Porque no te conviertes en madre de tus hijos: te conviertes en madre del mundo, en madre de todos. Y, si existe una forma de evitar que esto suceda, Jessica no la conocía.

Así que un día Jessica se levantó y fue a lavarse los dientes con su cepillo eléctrico, y descubrió que no tenía batería, porque ella lo había enchufado la noche anterior, pero alguien llegó detrás y lo desenchufó para poner a cargar el suyo.

Y empezó a pensar.

En los últimos cepillos de dientes de los niños, que había tenido que ir a tres sitios diferentes para encontrar los que ellos querían. Pero allí a nadie le preocupaba si ella podía lavarse los dientes o no.

En sus visitas a la dentista para hacerles empastes en sus dientes de leche mientras ella estuvo año y medio sobreviviendo a su muela rota con paracetamoles.

En las dos rosquillas que había guardado en el armario para desayunar y ya no estaban porque alguien se las había llevado al parque para dárselas de comer a las palomas.

En que abrazaba la idea de tener el cuerpo lleno de pelos, no como gesto de protesta antipatriarcal, sino como opción de *no-queda-otra* porque el tiempo que tardaba en depilarse era el mismo que empleaba en leerle a su hijo dos capítulos de *Harry Potter*, y él siempre tiene muchas ganas de que mamá le lea por las noches.

En el libro que había dejado en el estante de la librería porque alguien pidió el último de su saga juvenil favorita y solo podía llevarse uno. Y el suyo se quedó allí, en la librería, y el otro llevaba tres meses en casa sin que nadie le prestara atención.

En las cinco películas que quería ver y que entraron y salieron de la cartelera del cine mientras ella veía otras que ganaban en la votación familiar.

En toda la ropa interior que no renovaba desde hacía mil años porque, por alguna razón, comprar bragas para ella nunca estaba en su lista de prioridades.

En la cantidad de arrugas, canas y huellas del tiempo en general que se iban apoderando de ella mientras cuidaba de otros.

Y de pronto se preguntó:

«¿Y quién me cuida a mí?».

Y explotó de puro vacío. Porque sentía que siempre estaba para dar, pero nunca recibía. Y se había quedado sin nada.

Y colapsó. Y se enfadó. Y se echó a llorar.

Y eso, ESO, es una mierda.

Estar ahí, en ese papel: ESO es una mierda.

Y Jessica pasó el día triste, con dolor de cabeza, sintiendo que nadie la entendía y ahogada de soledad. Y lloró a ratos cuando nadie la veía. Y al final se durmió y llegó el día siguiente, igual que el anterior y que el otro de más allá.

Y respiró profundo.

Y se sintió muy ridícula.

Porque menudo pollo había montado…

Por un cepillo de dientes.

Tan mundana y tan poca cosa como tú y como yo, nena. Ni más, ni menos. Lo intenta todo el rato, fracasa la mayor parte del tiempo y, aun así, lo sigue intentando, y sigue queriendo convencerse a sí misma de que eso que enseña en Instagram es de verdad su realidad. Y ¿sabes qué? Que sí que lo es. Parte de ella por lo menos. La mejor parte, tal vez. La que le gusta y está dispuesta a enseñar.

Pero, a veces, lo que necesitamos es que nos recuerden que somos más que eso. Que somos más que una foto bonita y que, desde luego, somos mucho más que las responsables de hacer que todo esté bien. Y que tenemos derecho a gritar y a cabrearnos y a pedir que se nos cuide.

Así que, si algún día la oyes gritar, haznos un favor a las tres (a ella, a ti, a mí): párate a pensar que, a lo mejor, necesita que alguien la cuide un poco y, solo por si se te dieran bien, has de saber que le gustan las torrijas. Seguro que no le va mal que la invites a un par y que, de paso, le recuerdes que si grita no significa que todo lo demás sea postureo. Que grite significa que es humana, nada más.

El costurero de Tina

Uno de los pisos se acaba de quedar vacío. El segundo A. Una lástima. El señor que vivía ahí llevaba un tiempo viudo y, al final, pues le ha tocado a él también y ya está reunido con su mujer. Un matrimonio mayor, aunque no especialmente anciano, de lo más normal del mundo. De hecho, no podía ser más normal: él era un hombre estudiado que trabajó toda su vida, a quien le gustaba salir, ver a sus parroquianos, leer la prensa, estar informado, debatir, curiosear; ella, pues con cocinar y ver el programa de cotilleos del momento parecía que ya tenía la vida resuelta.

Yo me acuerdo que la primera vez que crucé dos palabras con él pensé: «Hay que ver qué señor tan instruido». La primera vez que crucé dos palabras con ella pensé: «Hay que ver qué mujer más simple».

No sé cuánto tiempo más el piso estará vacío. Puede que veas por aquí de vez en cuando a su hija Vanesa. Lo está preparando para ponerlo en alquiler.

El padre de Vanesa falleció hace un par de meses y, cuando ella se sintió con ánimo, vino a vaciar el piso. Su madre, Tina, murió hace ya tres años, pero todas sus cosas seguían también ahí. Su padre, a su edad y al estar en su casa, claro, no había tenido nunca la necesidad de sacar nada. Ahora le tocaba a la hija ocuparse de todo.

Cuando Vanesa entró en el piso se dio cuenta de que cada pared, cada estante de la casa, rebosaba de todo lo que sus padres habían sido durante algo más de setenta años. Todo lo que alguna vez había representado algo en la vida de ambos estaba allí. Las cuberterías y vajillas buenas que nunca llegaron a estrenarse porque siempre estaban guardadas «para cuando haya una visita especial»; las sábanas del ajuar, intactas en su caja; una retahíla de fotografías de primera comunión de todos los miembros de la familia que alguna vez tuvieron diez años (y de alguno de los vecinos también) en marcos dispares, desde el más humilde acetato hasta las más cargantes filigranas en plata, que hacían del conjunto un insulto al más mínimo gusto decorativo; una enciclopedia horrorosamente encuadernada en rojo cuyas páginas jamás jamás habían sido despegadas… A Vanesa se le caía el mundo encima al mirar aquello. ¿Sería capaz de tirar a la basura todas aquellas cosas que habían sido tan importantes para sus padres? En realidad, ¿habían sido importantes alguna vez?

Comenzó tirando las que obviamente no eran nada: recibos, postales de felicitación de entidades bancarias, publicidad de supermercados, comida caducada, medicinas que nadie tomaría ya. Mantas rotas, plantas muertas, pilas gastadas, una radio averiada que nunca se llegó a reparar.

Luego le tocó el turno a lo personal. Eso era más difícil, porque ¿qué trocito de sus padres iba a echar a la basura? ¿De qué pedazos podría despedirse para siempre? ¿Cuáles merecía la pena conservar?

Empezó por las cosas de su padre. Siempre se había llevado muy bien con su padre, era un gran hombre. Se enorgullecía de parecerse a él. Un hombre trabajador, con estudios, culto, leído. Vanesa decidió empezar por la estantería del salón, que él tenía plagada de libros, de títulos maravillosos de todas las temáticas. No aquella enciclopedia absurda que su madre había comprado para hacer bonito delante de los invitados, junto a la vajilla del comedor; libros de verdad. Desde García Márquez a Dan Simmons, pasando por absolutamente todos los estilos y géneros. Una biblioteca fantástica para la joven curiosidad de Vanesa, que conoció allí el placer de leer. Recordaba a su padre, al llegar del trabajo, sentado en su butaca, entregado al frenesí de la lectura. Recordaba con profunda conmoción cómo ella se sentaba entonces en el sofá para estar cerca de él y leía también. Y cómo después, durante la cena, ambos hablaban en la mesa; él contaba qué tal el día en el trabajo y ella qué tal en la escuela, primero, en el instituto y en la universidad después. Compartían impresiones sobre sus lecturas. Y ambos cambiaban el mundo desde allí mismo, desde aquella mesa en la que las letras les llenaban los cuerpos más que cualquier cosa que pudiera haber en el plato.

Su madre no participaba de aquellas conversaciones, claro, porque ¿qué podría haber aportado ella? ¿Tal vez lo que había hecho Topacio o la protagonista del culebrón de turno de la tarde?

Vanesa, aún arrodillada frente a aquel templo de sabiduría que era la biblioteca de su padre, miró alrededor en busca de un resquicio de su madre. En el armario bajo de un pequeño aparador, junto al sofá, debía de estar, si es que su padre no lo había tirado. Se acercó y no se sorprendió al ver que seguía allí: una azul, enorme y redonda lata de pastas danesas, que ella sabía llena de agujas, hilos y botones. La abrió y no pudo evitar sentir rechazo al ver su interior, lleno hasta el borde de útiles de costura. No, Vanesa, ni de lejos, se había llevado con su madre tan bien como con su padre.

Con su madre la relación siempre había sido complicada, más bien tirando a mala. La recordaba allí sentada, por las tardes, cosiendo, con aquella puñetera lata abierta al lado y el televisor encendido, viendo culebrones, uno tras otro, mientras remendaba pantalones y calcetines con la mirada perdida en el vacío. Sin la más mínima inquietud cultural, sin el más remoto interés por la lectura, por los placeres de descubrir la enormidad del mundo; nada más allá de la satisfacción de remendar un calcetín o hablar con una vecina sobre el precio de la fruta. Tan simple, tan banal, tan… indigna.

Vanesa se prometió a sí misma, muchas veces a lo largo de su vida, que jamás sería como su madre. Ella no. Ella cultivó un profundo amor por la lectura, incluso escribía de vez en cuando por puro placer y sabía que era muy buena. Estudió una carrera, se convirtió en historiadora. Ella se había convertido en alguien… como su padre.

Abrió una bolsa de basura y volcó el contenido de aquel costurero danés en su interior. Y, al retirar la lata, se quedó contemplando el retal que había quedado en lo alto de esa suerte de pequeña montaña de basura entelada. Allí, entre aquellos desperdicios, asomaba un vestido amarillo de muñeca algo estropeado que, ya hilvanado, esperaba para ser terminado de coser.

Y Vanesa recordó más.

Recordó que, cuando tenía unos seis años, su madre

había cosido para su muñeca favorita aquel vestido, porque solo tenía vestidos rosas y Vanesa quería uno amarillo. Y recordó que, cuando su propia hija cumplió tres años, había ido a hablar con su madre, a ver si aún conservaba la muñeca, para regalársela. Su madre le había dicho que sí, que la buscaría. Y nunca más se supo de ella porque, poco después, Tina falleció. Y Vanesa se olvidó de la muñeca.

Pero allí estaba el vestido amarillo, para cambiar el mundo desde aquel salón tanto como lo habían hecho las conversaciones literarias con su padre. Puede que más. Una de las últimas cosas que había hecho su madre había sido empezar a arreglar aquel vestido de muñeca, roto por el tiempo, para regalárselo a su nieta.

Y, de pronto, las ideas de Vanesa se empezaron a reordenar.

Porque mientras su padre trabajaba ocho horas fuera de casa, su madre trabajaba veinticuatro dentro. Mientras ellos leían, su madre limpiaba, cocinaba y cosía. Mientras ellos hablaban de lo leído, su madre servía la cena y fregaba los platos. Mientras ellos cambiaban el mundo, su madre sostenía su hogar. Su padre se había podido permitir ser ese «gran» hombre porque su madre se había resignado a ser esa «pequeña» mujer. Y ella, Vanesa, había desdeñado hasta el último plato que le había puesto en la mesa. Había despreciado cada palabra que ella le hubiera podido contar.

Y entonces se miró a sí misma y se vio tal como era: que tenía una carrera, pero no ejercía porque apenas tenía salida profesional; que después de ser madre se quedó en casa cuidando a los niños porque su marido tenía un trabajo más estable y ganaba más; que adoraba leer, pero hacía años que apenas tocaba un libro porque nunca tenía tiempo; que por las tardes estaba ya tan agotada que solo quería hundirse en el sofá, perder la vista en la pantalla de la televisión con cualquier mierda que no le hiciera pensar, y desaparecer.

Y lo comprendió.

Puede que lo peor fuera una especie de sensación de haber sido estafada. Un pequeño hilo de culpa por haberse creído una novela de fantasía.

Volvió a meter en el costurero todo su contenido, cerró la lata y, con ella bajo el brazo, se fue a su casa.

Por la tarde, cuando su hija de seis años y su hijo de nueve le preguntaron si les leía un libro, ella les enseñó la caja de pastas danesas.

—¿Sabéis lo que hay aquí dentro?

—¿Galletas? —preguntaron los dos.

—No —respondió Vanesa, abriendo la lata—. Esto era el costurero de vuestra abuela Tina. ¿Qué os parece si hoy, en lugar de leer un cuento… —dijo, sacando el vestido amarillo— aprendemos a coser?

Sí. Esa novela del matrimonio normal, del hombre leído y la señora simple, nos la hemos creído todos. Pero no hablo de la de este matrimonio del segundo, ¿eh? Hablo de todas. Todas las historias como la suya, siempre, en todas partes, nos las hemos creído. Pero ya está. Yo, nunca más.

¿Te cuento un dato curioso que me dijo Vanesa? En la biblioteca de su padre había cientos de libros, de todos los temas, pero ni una sola autora. Ni un Virginia Woolf, ni un Gloria Fuertes. Nada. Cabían cientos de libros, pero no había sitio para una mujer. Y Vanesa ni siquiera se había dado cuenta de ello, hasta ahora.

Al final, una se pregunta si no será el libro más importante que el costurero solo porque, quien decidió que era así, fue quien a lo largo de incontables años se ocupó solo de los libros y no permitió que la mujer se apartara del costurero.

La ropa interior de Vicky

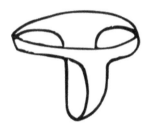

La terraza del primero C cae justo encima del portal y, cuanto antes lo sepas, mejor: los días que haga aire no te extrañe si te toca recoger de la calle algo de ropa interior... Llamativa. Negra. Brillante. Puede que con tachuelas, transparencias, encajes, anillas o correas. No sé si me sigues.

Ojo, que si se cae es porque Vicky, la vecina en cuestión, la pone ahí a secar en la terraza y le importa cero que la vea todo el barrio. A mí, personalmente, me despierta curiosidad pensar cómo coño se lava esa ropa, porque no me imagino tanto hierro dando vueltas en la lavadora, y a Vicky tampoco la imagino lavando a mano, pero yo qué sé.

La cosa es que yo creo que justo por eso, porque no le importa que todo el mundo lo vea... Bueno, es que no te imaginas las cosas que se dicen de Vicky en el barrio. A la madre de Marisa, que la tiene de vecina de puerta y ya piensa que pintarse los morros es de busconas, yo la he llegado a ver santiguarse cuando se cruza con ella. Como si se hubiera cruzado con un demonio.

Vicky nació, hace cuarenta y cinco vueltas al sol, de un matrimonio profundamente católico en un pueblo de Jaén. No era un pueblo grande, aunque tampoco demasiado pequeño. Diecisiete cofradías había, así que el sentimiento religioso y de rectitud de sus padres era compartido y la norma allí.

Nadie se perdía una misa de domingo ni una procesión de Semana Santa. El padre de Vicky hasta fue costalero, cada año, mientras la espalda se lo permitió. Cuando le dolía tanto que ya no podía cargar santos, consideraba que lo mínimo era cargar con la niña a hombros para que pudiera ver bien la imagen cuando pasaba.

Los padres de Vicky se esmeraron en darle una educación exquisita, preparándola bien para lo que una niña tan bonita como ella podría ser en la vida. Desde que era bien pequeña, trazaron el plan, simple y recto, fácil de seguir: recibiría educación en el colegio de las dominicas y luego podría estudiar alguna cosita sencilla y cómoda, como secretariado o algo así. Habría que apuntarla a clases de mecanografía, claro. Y debería aprender a tocar, al menos, un instrumento, porque eso queda muy bien en una señorita. Pero un instrumento digno, por supuesto; algo como el piano o el violín, nada de guitarras o baterías.

Con lo guapa que era, y siendo además de buena familia, no tardaría en encontrar un buen novio. Se casaría joven. A la madre de Vicky, a veces, se le revolvía un poquito la barriga pensando si su hija no podría ser algo más que la buena mujer de un buen marido, pero, por otra parte, para pillar un buen marido había que casarse mientras una fuera joven y bonita, que luego ya solo quedan los que no quiere nadie. Además, casi inmediatamente después de tener a Vicky, la mujer ya tenía ganas de ser abuela.

El plan era tan fácil que salió rodado. Era casi como si una cosa llevara de manera natural a la siguiente, como una pajita de hierba flotando en el río, que va parándose en todas las piedras.

Un bautizo con cincuenta invitados en el que la niña, con su vestido de encaje de un metro de largo, parecía una muñeca. En el colegio de monjas era una alumna ejemplar, no solo por sus excelentes notas, sino por su comportamiento modélico. Empezó a tocar el piano a los cinco años y aprendió mecanografía a los diez. Compaginó el instituto y el conservatorio y, después, el conservatorio y sus estudios como auxiliar administrativa, y en esas estaba cuando, en una cafetería cercana al campus universitario, conoció a un estudiante de último año de Derecho que acabaría por convertirse en su marido. Vicky se casó a los veintitrés años y dejó entonces el único trabajo que había tenido hasta ese momento: llevarle las cuentas en su empresa papelera a un hermano de su padre.

En cuanto Vicky pisó tierra al bajarse del avión, después de su luna de miel, su madre ya le estaba preguntando para cuándo los nietos. Y Vicky, también en cuanto pisó tierra, se preguntó qué coño estaba haciendo con su vida, que cabía entera en un puñado de renglones y ni siquiera eran interesantes.

Bajo el lema de su madre de que al principio era normal tener dudas y de que la gente tardaba un tiempo en adaptarse a vivir en matrimonio, estuvo —aguantó, más bien— casada la increíble suma de diez años que a ella le parecieron treinta.

El día que Vicky fue a hablar con su madre porque «tenía que contarle algo importante», la mujer se entusiasmó, creyendo que por fin le diría que iba a ser abuela. A Vicky nunca se le olvidaría lo que le contestó cuando le dijo que se quería separar:

—Tú estás loca. No sabes la suerte que tienes con tu marido —le había dicho—. Hija, deberías idolatrarlo, un hombre como el que te ha tocado.

Y Vicky, en aquel momento, pensó que tal vez su madre tuviera razón. Ella había tenido suerte con su marido. Era abogado, ganaba mucho y la trataba bien porque, como muy a menudo le recordaba su entorno, no era un borracho ni le pegaba. Pero ella no era feliz, y ya está. A lo mejor era por esa sensación de pequeño vacío, esa que surgía de que ella se esforzaba por ser una esposa modelo, tal como había sido siempre ejemplar en todo, y solo conseguía ser eso: una esposa normal; lo que se esperaba de ella. Y, sin embargo, él era maravilloso solo por un descarte; porque, como no era un hijo de puta, pues entonces era fantástico. Puede que sí que estuviera loca.

Antes de llevar un año separada, a Vicky le salió la oportunidad, gracias a una antigua compañera de estudios, de venirse a vivir aquí, a trabajar para una empresa nueva de tecnología que necesitaba gente por el norte.

Puede que esto sorprenda, aunque estoy segura de que habrá a quien no: Vicky tenía treinta y tres años la primera vez que se masturbó y tuvo un orgasmo clitoriano, sin culpa ni remordimiento, y treinta y cuatro la primera que tuvo un amante ocasional y sexo oral. Y fue una revelación, porque se dio cuenta de que había estado tan ocupada siendo lo que le decían los demás que tenía que ser, que no le había quedado tiempo para explorar quién era ella en realidad. Así que empezó a hacerlo, a explorarlo todo. En ella y en los demás.

Después de once años de trabajo, Vicky sigue en la misma empresa con la que se vino aquí, pero ahora es directora de zona y tiene bajo su mando a cincuenta empleados.

Después de once años de exploración, Vicky es dómina en sus ratos libres y tiene bajo su mando a todos los hombres que le da la gana.

No hace mucho, su madre, resignada ya a la idea de que nunca será abuela, hablando con Vicky por teléfono todavía le dijo:

—Hija, de verdad, yo es que todavía no entiendo qué te dio, con el marido que tenías, que era para besar el suelo por donde él pisaba.

—Mamá —le dijo Vicky, convencida de que su madre no iba a entender lo que le quería decir—, a lo mejor no era que yo tuviera que besar su suelo, lo mismo era que él me tenía que haber lamido las botas a mí.

Lo mejor de Vicky es que le da exactamente igual que su ropa interior vuele por el barrio. Creo que incluso le hace gracia. Y probablemente eso sea la mejor parte de todos estos años de explorarse. No es la parte de ser una mandamás en la empresa ni de tener todo el sexo que ella quiere, como quiere y con quien quiere: es la parte de saber quién es y, con mucho orgullo, permitirse serlo.

Mira que a veces lo pienso y digo: ¿Me habré yo perdido cosas? Porque no es que no haya yo también hecho lo mío ni que me haya estado aburriendo, ¿eh? Vaya por delante. Pero, hija, qué quieres que te diga: un día eres joven y tienes toda la vida por delante, te paras un momentito a poner un par de lavadoras y, cuando te quieres dar cuenta, del moño en vez de pelos parece que te salen alambres blancos y se te han descolgado los sobacos. *Porca miseria*, que diría mi hermano. Que no sé si tú lo sabes, pero me dijo Sara que significa «santa mierda», y yo desde que sé esto lo uso mucho, sobre todo para hablar con el presidente de la comunidad.

Pero bueno, que yo lo que te quería decir es que las dichosas terrazas, mira, yo no sé en qué estaban pensando cuando decidieron ponerlas aquí, en esta calle, que tira el aire que tumba las farolas y cada dos por tres hay problemas. Lo mismo vuela la ropa de los tendales, que se caen los azulejos de gresite, que una puerta mal cerrada da un golpe y revienta el cristal. A veces hasta se han caído los cristales a la calle. ¿Y quién los limpia? Yo. Bueno, ahora tú.

Los desperfectos que haya por el viento los cubre el seguro del edificio (de momento, hasta que se cansen de tener siempre la misma cantinela y nos manden a la mierda). Tienes el teléfono en el bloc rosita de anillas que tengo en la mesa. Todos los teléfonos están ahí, y el del seguro está el primero.

La empresa reparadora suele enviar para esto a un muchacho que es majísimo majísimo y, si le haces ojitos, hasta puedes pedirle que te eche una manita a limpiar lo que se haya liado: los cristales, los trocitos de azulejo… Hubo un día que el tendal de Vicky salió volando con todo: con bragas, con medias y hasta con las cuerdas. El pobre chaval se moría de vergüenza y, claro, le dije que no se preocupara; que me ocupaba yo de las bragas y él de lo demás.

Se tuvo que subir a una escalera, porque una de las cuerdas se había quedado enredada en el cable de la luz, colgando hacia la calle, y recuerdo que cuando bajó con ella enrollada en el brazo dijo algo así como que menudo mal rollo, tener una cuerda ahí colgando, que parecía que alguien se había *matao*. Y mira, hija, yo me quedé pensando que qué pena, que majísimo sí, y agradable a la vista pues también, *pa* qué nos vamos a engañar... Pero, vamos, lo que son luces tiene las mismitas que una bombilla de madera.

La cuerda de Amparo

En el quinto C vive Naya. Naya era la persona de más edad del edificio hasta hace poquito; hasta que llegó Teresa, que ya pasa de los noventa (una señora majísima, por cierto, luego te cuento). Naya debe de tener solo tres o cuatro años menos que ella y le rige la cabeza que no veas. A lo mejor se despista un poco a veces y no sabe si es martes o jueves y ese tipo de cosas, pero, mira, a mí también me pasa y fíjate lo joven que soy. Bueno, *joven*, tú me entiendes. Niñas ya no somos ni tú ni yo.

Total, que Naya tiene una memoria buenísima. La mujer se acuerda de todo y tiene historias para escribir un centenar de libros, te lo digo. Y rara será la semana que no te cuente una, porque otra cosa no, pero hablar le encanta, a la señora, que vaya cuerda tiene. Arranca y no para. En todos los años que llevo aquí me habrá contado cientos de historias y no recuerdo que se haya repetido ni una sola vez. Bueno, en realidad se repite casi siempre, pero cada vez que cuenta una historia la cuenta distinto, con diferentes matices, ¿sabes? Así que vale la pena escucharla igual; porque es la misma, pero es otra.

De todas las historias que me ha contado, creo que la que más me marcó fue la de Amparo. Esa sí que, te lo prometo, me la contó solo una vez. Así que, solo por si acaso no te la contara ella, te la voy a contar yo.

—Pues es que vengo de ver a Joaquina en casa de su hijo, que vive aquí cerca —me dijo un día al volver de un paseo—, y aproveché a preguntarle por Amparito, que hace tanto que no la veo. ¡Ay, Amparito! —suspiró—. ¿Sabes que mi hermano Miguel le salvó la vida?

—Señora Naya, no sé quién es Amparito.

—Pues mi hermano le salvó la vida, porque ella se colgó. Se suicidó. Bueno, no se suicidó porque no se mató, porque apareció mi hermano, en gloria esté. Ella se colgó ahí, en la cuadra aquella que tenían en lo alto la cuesta, y en esto que pasó mi hermano y la vio, ya morada y con la lengua fuera, pero todavía respiraba. Y fue para allá y la levantó por las piernas y empezó a gritar, hasta que llegaron a ayudarlo y entre todos la bajaron. Si no llega a ser por ellos, ahí mismo se hubiera *matao*.

Amparito, allá a mediados del siglo pasado, estaba ena-
morada de un chico. El mozo era muy buena gente. Dicen
que tenía la cara de un ángel y la paciencia de un santo; de
familia humilde, obrero de la construcción y cinco años más
joven que ella, que por entonces contaba veintidós soles.

La madre de Amparo la molía a palos por amar a aquel
muchacho. Pero a Amparito le daba igual y se escabullía. Se
iba con sus amigas al baile a Barros y allí ella y Justino se
veían y bailaban. Ojalá pudiera decir que hasta caer rendi-
dos, porque ella era feliz y se sentía como si en el mundo no
existiera nada más que ellos dos, ahí solos, bailando sobre las
estrellas. Pero eso no podía ser porque Amparito —ella, mujer— tenía que estar en casa a la hora que le mandaban, así
que solo podían bailar hasta que la devolvían a su carroza las
campanas que, calculo yo, daban las ocho de la tarde.

Lástima que había voces más rápidas que ella y, de alguna manera, antes de que Amparito llegara, su madre ya sabía
que su hija había estado con el pequeño de la Remedios en el
baile. Y, para cuando Amparito llegaba a su casa, su madre la
esperaba ya con una mano abierta y un palo en la otra para
darle una paliza. Y su padre, a quien mayormente le daba
igual con quién se veía su hija (porque él vivía para el trabajo,
el fútbol y el vino), no intervenía en aquello. Porque la

educación de las hijas era cosa de las madres, y lo que hiciera su mujer pues bien estaba si él no tenía que levantarse de su tan merecido sillón.

Y así, Amparito vivió su amor prohibido entre las palizas de su madre. Una tras otra.

Porque Justino era un niño. Y era un pobre cualquiera, un triste obrero. Y un *desaseao*, con aquel jersey de punto, siempre el mismo. Y su hija, la hija de Lourdes la extremeña, no iba a casarse con cualquiera, que bastante tenía ya la Lourdes con que llevara veinticinco años en el pueblo y todavía se rieran de su acento, esas putas del lavadero. No, de eso nada: su hija tenía que casarse con alguien bien. Y tenía que casarse pronto, que ya iba camino de cumplir veintitrés y se iba a quedar *pa* vestir santos.

Y, entonces, Eladio apareció en escena. ¡Eladio, nada menos! El viajante del café que recorría todo el municipio de pueblo en pueblo vendiendo cafés a los bares y trabajaba para una empresa importante, una que tenía las oficinas en Oviedo. Eladio iba siempre impecable, con su traje impoluto bien planchado, su camisa blanca como la nieve y una corbata diferente cada día. Eladio ganaba bien. ¡Hasta coche tenía!

Amparito, por obra y gracia de su santa madre, se casó con Eladio el viajante. Y así, Amparito dejó de vivir entre las palizas de su madre y empezó a vivir entre las palizas de su marido. Una tras otra también.

Porque Eladio, que ganaba bien, se lo gastaba todo en emborracharse a diario y a su mujer, cada día, la insultaba, le pegaba, la violaba o las tres cosas a la vez.

Y, antes de hacer un año de casada, Amparito, llena de cardenales por fuera y por dentro, con el alma descosida y el corazón olvidado en otro hombre, decidió que su vida, la que ella quería tener, ya se la habían quitado, y que esa que le habían dejado ella no la quería. Y mientras Eladio estaba en el bar, bebiendo hasta cegarse como cada martes, Amparito se fue al establo y se colgó de una viga. Pero el destino quiso que su vecino Miguel pasara por allí, la agarrara por las piernas y diera la voz de alarma. Puede que solo unos segundos antes de que dejara de respirar para siempre.

Qué vergüenza, madre mía, para Eladio y la extremeña, que la niña se había intentado suicidar. Qué dirían en la iglesia. Qué dirían aquellas putas del lavadero. Lourdes le dio un bofetón que Amparito juró que le saltó un diente, aunque decía su madre que ya le faltaba de antes. Su marido le daba con el cinturón cada vez que se acordaba y le reconcomía la vergüenza, y eso fue, durante mucho tiempo, a diario.

Un mes después de lo de la viga, Amparito tuvo una falta. Y su marido, creyendo que se lo decía para que no le pegara más, con más ganas le dio. Y cuando la barriga, claro, creció y ya hacía innegable lo evidente, aún le daba de vez en cuando. En el séptimo mes, de una paliza la dejó semiinconsciente y hubo que llamar al médico, y el médico le dijo al Eladio que no le pegara más, que podía hacer daño al bebé. Y, cuando el médico se fue, Eladio le dijo a su mujer:

—En mi casa mando yo y te pegaré si me da la gana.

Amparito tuvo dos hijos del Eladio.

El primero nació «mal». Con una enfermedad rara, decían los médicos. Que no se sabía lo que era. Nunca habló, nunca pudo andar, ni sonreír, ni comer ni hacer nada por sí solo. Vivió más de cuarenta años y murió mientras dormía. Amparito siempre supo, en su corazón, que su marido le había quitado a ese niño la vida antes de que naciera.

El segundo fue el orgullo de su padre. Un niño sano, fuerte, listo. ¡Y cómo corría, el bicho! Podría haber sido un gran futbolista. Pero ¡qué desgraciado, el Eladio! Pobrecillo, que el pequeño le salió maricón.

El pequeño de Amparito se fue de casa cuando lo echó su padre. Se fue muy joven y muy lejos. Y Amparito se quedó allí, rota más que deshecha, cuidando de su mayor. Recibiendo palizas porque todo era culpa suya; que el mayor estuviera mal, que el pequeño fuera maricón.

Lourdes la extremeña decía que la iban a matar a disgustos y, de hecho, se murió poco después. Cuentan que Amparito casi no lloró en el entierro. Algunos dicen que estaba en *shock*. Otros, que qué poca vergüenza, con todo lo que la madre hizo por ella. Si hasta la casó con el Eladio, el viajante del café.

—Pues debe de hacer tranquilamente diez años que no sé nada de Amparito —me siguió diciendo doña Naya—. La última vez que la vi fue en un entierro de alguien del pueblo, ya no me acuerdo de quién. Estaba allí el marido, hija, que por Dios…, debe de pesar doscientos kilos. Estuvo sentado en un banco todo el rato que ni respirar podía, con la cara toda morada y la nariz reventadita de venas, así como se les pone a los borrachos. Olía a vino que tiraba para atrás.

—Oiga, Naya, ¿y de Justino sabe usted qué fue?

—Pues al poco de casarse Amparo se puso de maestro de autoescuela y creo que se jubiló hace poco. Pobre Amparito —dijo, chasqueando la lengua—, qué mal le pintó la vida… Bueno, nena, ¿y tú qué tal? ¿Cómo llevas estar aquí metida todo el día?

—Yo bien, señora Naya. Hay encierros peores.

—Ya te digo yo que sí.

—Sí. Los hay que duran hasta una vida entera.

La cesta de Nati

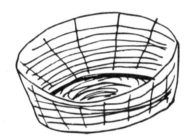

La vecina del segundo B te va a encantar. Se llama Nati. Ronda tranquilamente los setenta, pero te juro que parece que tiene veinte años menos. Es de la cuenca minera del Nalón. De Cuturrasu, *p'arriba* de Lada. Se vino a vivir aquí cuando sus dos hijos se hicieron mayores, un tiempo después de que volaran ya del nido, hará tranquilamente más de treinta años.

Nunca se le ha conocido marido. Ni aquí ni en la cuenca. Amigas sí, muchas, y algunas mucho más que íntimas, no sé si me sigues. No ha tenido marido ni le ha hecho falta nunca. Fue madre, eso sí, por el método tradicional cuando a ella le dio la gana de querer tener hijos. Imagínate: madre soltera, en un pueblo minero, en los años sesenta del siglo pasado.

Una vez, Naya, la del quinto C, le preguntó alegremente si era *presbiana*, y a Nati le dio un ataque de risa y le cascó:

—¿Por qué, Naya? ¿Quieres venir a mi casa a merendar?

A Naya le dio por reírse también y tiró para su casa; y Nati tiró *pa* la calle, porque era un sábado noche, y no habrá sábado que no la veas salir, a sus casi setenta años, vestida para devorar el mundo al compás de un golpe de tacón. Y puede que en algún momento te dé por pensar que adónde va una mujer, a su edad, saliendo de fiesta todos los fines de semana (no serás la primera que lo haga, también te lo digo). Pero es que le encanta bailar. Siempre le ha encantado.

Por eso, aunque aquí todo el mundo la llama Nati, a secas, en la cuenca todo el mundo la conocía como Nati la pandorguera.

Para entender cómo era la vida en la cuenca minera del Nalón en los años sesenta, hay que remontarse otro siglo más atrás, cuando a finales del XIX un tipo llamado Pedro Duro, cuyo nombre llevan ahora unas cuantas calles, decidió que La Felguera, uno de los pueblos del municipio, era el lugar ideal para montar una metalúrgica descomunal. En la zona había una mina prácticamente debajo de cada piedra, tenían carbón *a magüeyu* para los altos hornos, el agua abundante del Nalón y del Candín y una vía de ferrocarril, ¡la cuarta de vapor y la primera industrial de toda España, nada menos!, que unía La Felguera con el puerto marítimo de Gijón. Poca broma, lo que había allí. Habría sido de idiotas no aprovechar todos aquellos recursos para hacer crecer la industria moderna que, desde Inglaterra, estaba conquistando el mundo.

Todo eso hizo que, unas décadas más tarde, pudieras contemplar el valle a vista de pájaro (desde la ladera de cualquier monte) y tener la impresión de estar viendo, efectivamente, una estampa viva del Londres de la Revolución Industrial, con tejados y chimeneas levantándose hacia el cielo entre una niebla hecha de polvo, hollín y vapor.

Absolutamente todo el mundo, en la cuenca, dependía de la mina o de la metalúrgica. La inmensa mayoría trabajaba en lo uno o en lo otro, y quienes no lo hacían (los bares, las panaderías, Engracia la frutera, Mari la del papel…) tenían por clientes a los mineros y a los trabajadores de la fábrica: si fallaban los segundos, los primeros se quedaban sin clientes. Así de fácil, y así de frágil, era el ecosistema.

La gente, por entonces, se quejaba (y con razón) de la terrible contaminación. La vida olía a humo y ferralla. El aire, el agua, la ropa… Los pulmones y, seguramente, un poquito también el alma: todo estaba impregnado de carbón y de metal. Décadas después, cuando llegara el declive, la gente dejaría de quejarse por la contaminación y empezaría a quejarse porque no había trabajo y porque la cuenca se dirigía, en aparente agonía, hacia la ruina, que ya no sabían qué era peor. Pero en los años sesenta la zona todavía se encontraba inmersa en lo que fue su época de esplendor industrial.

Eso sí, no nos equivoquemos: ese esplendor trajo prosperidad, sí; a quienes ya eran prósperos antes de ello. Aunque las empresas amasaron fortuna a manos llenas, la vida de la gente obrera jamás dejó de ser pobre: de remendar hasta el último agujero, de no tirar una miga de pan, de comer carne los días de fiesta si eras afortunado. Y en esa época Nati, que vivía en Cuturrasu, a unos cinco kilómetros a pie de la metalúrgica, hizo su negocio, ese por el que la conocería todo el mundo: llevar la cesta de la comida a los trabajadores del metal.

El sistema era bien sencillo: los hombres de la fábrica tenían que comer, y era absurdo tener una retahíla de mujeres bajando por el monte, cada día, con las comidas calientes de sus maridos. Así que Nati se ponía una cesta enorme de mimbre en la cabeza y, dentro de esa cesta enorme, llevaba veinte cestas más pequeñas, hechas de mimbre también. E iba recogiendo en las casas de las mujeres cada una de las comidas para los obreros, metiéndolas en las cestas pequeñas y, con la bandeja colmada hasta arriba de platos recién hechos, caminaba monte abajo hasta la fábrica para llevárselos a los hombres. Esperaba paciente mientras ellos comían y, después, con las cestas ya vacías, andaba los cinco kilómetros de vuelta monte arriba.

Alguna hubo, cuentan, que le intentó regatear el precio del servicio porque su casa no estaba en Cuturrasu, estaba en Les Bories, más abajo y más cerca de la fábrica, pero menuda era Nati… A ella le ibas a regatear un duro del pan de sus hijos. ¡Menudo hueso ibas a morder!

Nati llevaba veinte cestas. Veinticinco pesetas al mes le pagaban por cada una. Quinientas pesetas al mes ganaba aquella mujer. Aquella mujer que vivía sola, a quien jamás se le había conocido hombre que la hubiera podido cortejar y que, de pronto, ¡y por dos veces!, se quedó preñada, a saber de quién. Porque es cierto que no se le conoció varón, pero, evidentemente, alguno hubo de haber, porque críos tuvo dos y ella nunca dijo que hubiera sido un milagro. Y, aunque hubo alguna mala lengua que dijo que seguro que eran de algún casado, o incluso de alguno de los de la fábrica, Nati nunca tuvo problema con las mujeres porque ellas, aunque no lo sabían, se olían la verdad: que a Nati lo que le gustaban eran las mozas, y que fue madre cuando quiso y porque le salió de su santísimo coño. Así que Nati nunca dejó de tener sus veinte cestas. Ni sus quinientas pesetas al mes.

Y tampoco dejó nunca de salir a bailar, cada sábado, porque no había en toda la cuenca minera nadie, absolutamente nadie, a quien le gustara la *pandorga* más que a ella.

Y no deja de tener su gracia: Mariana, que llevaba un burro con las alforjas cargadas de cántaros de leche, era

Mariana la lechera. Y Neli, que vendía arena para limpiar la plancha, era Neli la arenera. Y Nati bien podría —tal vez debería— haber sido, con su cesta tan enorme y sus veinte más pequeñas, ser Nati la cestera. Pero no: ella era Nati la pandorguera. Porque era madre soltera. Y le encantaba bailar.

Ya ves, pasan las décadas, muta el paisaje, cambia la gente, desaparece el humo… Pero a Nati le sigue encantando bailar. Así que no te extrañes cuando veas que pasa por aquí, cada sábado por la noche, bien cargada de maquillaje y dejando por toda la portería turbulencias de Chanel. Extráñate, en todo caso, si no la ves.

Solo por si acaso, mira hacia las ventanas, o sube a ver si oyes ruido tras su puerta. Asegúrate de que esté bien. Y, si no lo está, y aunque no tengamos ninguna cesta de mimbre por aquí, pues siempre puedes ofrecerte a llevarle algo de comer, que también se lo ha ganado. Tan a pulso como llamarse la pandorguera.

La ropita de bebé de Lidia

Hace como siete años, puede que alguno más, empezamos a ver a Lidia, la del cuarto C, llegar a casa, de vez en cuando, con algunas bolsas de tiendas de ropita de bebé y, a veces, incluso con algún muñeco de esos típicos que uno le regala a un recién nacido o a un bebé chiquitín. Claro, las vecinas más avispadas enseguida empezaron a darle la enhorabuena, creyendo que estaba embarazada, y ella tuvo que ir aclarándoles, una por una, que todavía no, que su novio y ella querían ser padres y que acababan de empezar a buscar al bebé.

Me acuerdo de que, un día de aquellos primeros meses, pasó por aquí una tía de Laura, la del primero D. Una mujer con muy mala leche, una bocazas que yo creo que no habrá conseguido dos veces en toda su vida pensar lo que va a decir antes de ponerse a largar. Lidia tuvo la mala suerte ese día, que venía con un traje de algodón de recién nacido, de cruzarse con ella aquí, delante de la portería, y cuando le fue a dar la enhorabuena y Lidia le explicó que acababan de empezar a buscar, la muy rabanera le dijo:

—Pues vaya manera de tirar el dinero. Y si luego no puedes, ¿qué?

Y se quedó tan ancha. Como si lo que acababa de decir no fuera, en absoluto, innecesario y doloroso hasta la médula.

En este edificio hay muchas mujeres que han querido tener hijos, otras los han tenido porque no llegaron a conocer otra opción, otras que no tienen y otras que no quieren tenerlos. Pero ninguna es como Lidia.

Hay gente que dice tener instinto maternal y gente que dice no haberlo sentido nunca. Hay gente que dice que es un impulso biológico incuestionable y hay gente que duda de su existencia. Yo no sé si es instinto maternal o no, pero Lidia siempre tuvo claro que lo que ella más quería en la vida, por encima de cualquier otra cosa que pudiera desear, era ser madre.

Cuando era niña no jugaba a ser madre de sus muñequitos de bebé: ella era madre de todo. De los muñequitos, de las Barbies, de los peluches, del gato.

Cuando se convirtió en adolescente no miraba a los chicos fijándose en si eran más guapos, o más populares, o más simpáticos: ella los miraba imaginándose lo ideales que serían ejerciendo de padres de sus hijos.

Cada novio que tuvo fue alguien que, al menos en un primer momento, ella creyó que podría ser un buen padre, y los dejó a todos cuando vio en ellos cosas que no encajaban en la imagen de la familia que ella quería formar. A uno de ellos lo quiso mucho, muchísimo. Lo quería con el alma, porque era una persona increíble: era razonablemente atractivo, pero sobre todo era inteligente, noble, generoso, paciente... También aventurero. Demasiado. Él quería pasar la vida viajando y haciendo locuras por el mundo: rutas en moto por Francia, paracaidismo en México, recorrer los viñedos de la Toscana, hacer *puenting* en Brasil. Lidia se quiso convencer durante muchos años de que él cambiaría con el tiempo, que se centraría, se establecería en un lugar y querría formar un hogar. Fue doloroso reconocer, ante sí misma, que eso nunca iba a suceder, y dejarlo a él para dar lugar a la familia que ella quería tener.

Un tiempo después, conoció al hombre que es hoy su pareja. Lo supo casi al instante. Los dos lo supieron: se habían encontrado, se acoplaban el uno al otro como la le-che caliente y la miel, y los dos querían formar una familia. Se dieron un tiempo para conocerse bien, para vivir juntos y, cuando lo tuvieron claro, empezaron a buscar. Lidia esta-ba tan tan feliz… El momento que llevaba esperando tanto tiempo por fin había llegado.

Se había prometido no precipitarse, pero es que no se pudo contener. Cada día, al salir del trabajo, pasaba por delante de tres tiendas diferentes de ropita de bebé y, aun-que intentaba no emocionarse demasiado, de vez en cuan-do se daba el gusto de comprar algo, para cuando llegara el suyo. Un pijamita blanco de algodón, un pack de bodis con lunares de colores, un chándal esponjoso y suave con orejitas de osito… Casi todo neutro, porque Lidia tenía claro que sería una madre que huiría de estereotipos, pero tampoco se privó de comprar alguna cosa rosa o azul porque, como fuera, se lo pondría todo. Y se imaginaba al niño con *esa* chaquetita rosa, sonriendo al recordar que se la había comprado antes incluso de quedarse embarazada.

A veces, al ir a visitar a su suegra, pasaba por delante de una tienda que tenía todo tipo de trastos y accesorios para bebés: desde pequeños adornos para la sillita de paseo hasta cunas y sillas para el coche. Le parecía excesivo empezar a comprar muebles, pero no pudo evitar, en alguna ocasión, llevarse algo achuchable, como una pequeña jirafa de peluche con las manchas de colores, o un *doudou* rosa y morado que se daba un aire a una mariquita y al que Lidia, instantáneamente, puso de nombre Frambuesita.

Fue llenando los cajones de una cómoda blanca, en su dormitorio, con las cosas que preparaba para su bebé. Pero los meses pasaban y el bebé no llegaba. Todo el mundo le decía que era normal. Que no se obsesionara. El médico, por su parte, cuando Lidia fue a consultarle acerca de su dificultad para quedarse embarazada, opinó que estaba gorda y que debería bajar, al menos, diez kilos, aunque mejor si eran quince.

Lidia se puso a dieta, perdió doce kilos en otro año que siguieron buscando. Y su bebé seguía sin llegar. Hubo gente que empezó a decirle que no se quedaba porque estaba obsesionada. Claro, cómo no: la culpa era de Lidia, que estaba obsesionada con quedarse embarazada. Se ve que es como esa gente que está obsesionada con que le toque la lotería, no les toca porque están obsesionados. Seguro que, si se van un mes de vacaciones, al volver les toca el gordo. O mejor: toca estando de viaje, que ya sabe uno que cuando se va fuera hay que comprar lotería, que luego toca.

«En cuanto dejes de pensar en ello, te quedas».

«Vete de vacaciones, verás como te quedas».

Si la pluma es más poderosa que la espada es porque las palabras hieren donde ningún arma puede llegar. Las voces empezaron a convertirse en ecos resonantes, a veces insignificantes, a veces difíciles de ignorar.

«Si quieres, te dejo a mi marido».

«Te regalo yo a mis hijos, que me tienen hasta las narices».

Habían pasado ya algo más de un par de años desde que empezaron a buscar y, mira qué sorpresa, el problema no era que estuviera gorda. Empezaron las pruebas, los diagnósticos, los tratamientos, las inyecciones, la medicación, los protocolos… Y los intentos. Fueron muchos. Yo no sé si demasiados.

La pena que pasaron esos dos en la intimidad de su hogar durante los años siguientes solo la conocen quienes han pasado por lo mismo. Cada uno de sus negativos fue una pérdida irremplazable; un Sísifo enfrentado a la eternidad viendo rodar, una vez más, su piedra montaña abajo. Porque ahí, durante un breve período de tiempo, existió el comienzo de un bebé que ya nunca llegaría a crecer.

Una vez, una sola vez, Lidia tuvo un positivo. Vivió su alegría con miedo a que aquello no fuera real, a que todo terminara mal.

«Lo que tienes que hacer es echarte y no moverte, a ver si lo vas a perder».

«Lo que tienes que hacer es seguir como si nada, que obsesionarse no es bueno».

A las pocas semanas, empezó a sangrar. Solo un poquito. «Es normal», le dijeron al llegar a Urgencias. «Puede ser sangrado de implantación, pero vamos a echar un ojo». Unos minutos después, Lidia y su pareja escucharon las tres palabras más devastadoras de sus vidas:

—No hay latido.

Nadie, nadie en el mundo, imagina la culpa de Lidia al pensar que ella era la causa de que ese bebé no llegara a nacer. Se sentía como si ella misma lo hubiera matado.

«Es que si eres negativa el cuerpo lo nota y rechaza al bebé. Tienes que ser positiva».

«¡Pues, si no, adoptas y listo!».

«¿No te planteas adoptar? Pues qué egoísta, ¿no?».

Se acabaron los intentos. Hay mucha gente que cree que puedes estar intentándolo toda la vida, no saben que hay un número limitado de veces. Así que hubo mucha gente que pensó que ellos dejaron de intentarlo.

«Lo querían por capricho».

«Tantas ganas no tendrían».

Yo no sé si no los dejaron seguir o si ellos no quisieron, la verdad. Nunca se lo pregunté. Pero ¿importa de verdad?

Mucha gente dice de Lidia que «qué pena que no sea madre». Pero sí que lo es. Es de esas *otras* madres; las que están ahí y nadie parece ver. Las que son madres, no de lo que tienen, sino de todo lo que han perdido. Las madres del

125

amor que siempre espera. Algunas, madres del amor que espera siempre.

De vez en cuando esos ecos que tanto duelen se oyen aquí, en la portería. No lo hacen a mala fe, es que a veces a todos nos cuesta callarnos. Y yo tengo que reconocer, con bastante vergüenza, que alguna vez también fui uno de esos ecos.

Si algún día tienes la suerte de que Lidia te cuente algo de todo esto, hazme caso: no te sientas en la necesidad de decirle nada. No estamos acostumbradas a estar en estas situaciones y estoy segura de que te sentirás incómoda, pero, de verdad, no le digas nada: siéntete afortunada porque te está contando algo muy especial, y solo CALLA. No hace falta nada más. Ni consejos ni opiniones ni frases hechas. Nada de lo que tú o yo podamos decir, probablemente, será para bien. Así que calla.

Este es su duelo. Se tiene que despedir de un bebé que nunca ha llegado a tener y necesita tiempo, ya no para superarlo, sino para aprender a vivir con ello. Y merece que la dejen manejar su dolor en paz. Y no es fácil, porque duele mucho.

Imagínate si le dolerá, que todavía guarda en sus cajones la ropita del bebé.

Las cervezas de Paula

¡Ay, Paula…! Paula, Paula, Paula… Primero A, la madre más novata del edificio. Tiene una niña de un añito o por ahí. El problema de ser madre primeriza en un edificio lleno de mujeres que han sido madres antes que tú es que te caen consejos no pedidos por todas partes. Hija, de verdad, yo estoy aquí cada vez que Paula entra o sale y no hay vez que se cruce en el portal con una vecina que no le caiga un consejo. Y ya no te hablo solo de los de cómo cuidar a la niña, ¿eh? Es que le cae de todo: que si no te olvides de tu marido, que si dedícate tiempo, que si ve a la peluquería, que si píntate el ojo… Yo creo que, con diferencia, el que más veces le ha caído es el de «no dejes de salir». Se ve que, cuando tienes una criatura, es importante salir de vez en cuando para estar lejos de ella. «Para despejar la cabeza». Y, oye, no te digo yo que no, ¿eh?

Le dicen (¿le reprochan?) las vecinas que, desde que tuvo a la niña, ya no sale nada, y que eso no puede ser, que tiene que salir. Que **tiene que** salir.

Desde que había tenido a su hija, Paula, es verdad, no salía demasiado. Pero todo el mundo le insistía mucho en que era importante tener tiempo para ella, así que, de vez en cuando, se daba el gusto de irse sola, con su antigua pandilla de amistades, a tomar un par de cañas. Una vez al mes. Su «viernes de desconexión». La niña se quedaba con su padre y ella, delante de aquellas cañas, dejaba de ser «la primera del grupo que había sido madre» y volvía a ser simplemente Paula. La misma de siempre.

Un viernes, *aquel* viernes, se estaban tomando una cerveza en la taberna irlandesa de la calle de la playa. En la televisión había puesto un programa de tertulia a un volumen horrorosamente alto, y eso hacía que la gente, en las mesas y la barra, hablara poco menos que a gritos. El ruido era terrible, la cerveza era suave y las risas eran fuertes. Paula estaba encantada.

Carlos, Juan, Julia, Elena, Iván y Tatiana la iban poniendo al día de las cosas que se había perdido en los últimos fines de semana, como que Elena se había pillado un pedo terrible hacía dos sábados y había terminado con un orco en un portal, o que Juan, el muy *pagafantas*, aún seguía detrás de una compañera de trabajo que no le hacía ni caso, y eso que él la invitaba a un café de la máquina de la oficina todas las mañanas, sin faltar ni una sola.

De pronto, Carlos comentó indignado, en voz bien alta, por encima del resto de las voces:

—Joder, es imposible que eso sea verdad.

Todos se miraron entre sí y luego siguieron la línea de la vista de Carlos, que miraba hacia la televisión. En la tertulia hablaban de acoso sexual. Un rótulo rezaba: *Cuatro de cada diez mujeres han sufrido en su vida al menos un episodio de abuso sexual.*

—No puede ser —insistió Carlos.

—Ni de coña —admitió Juan.

—Yo no conozco a ninguna —añadió Iván—. ¡Y eso que conozco a muchas!

Los tres hombres rieron y en dos de las tres mujeres se dibujaron sonrisas corteses. Pero Paula no sonreía.

—¿En serio? —preguntó—. ¿No conocéis a ninguna mujer que haya sufrido abuso sexual?

Los tres hombres negaron con la cabeza.

—No —afirmó Iván, erigido en portavoz—. Aunque, bueno —añadió—, de crío tenía una vecina a la que violaron de verdad entre unos contenedores. La chavala lo pasó fatal.

«La violaron de verdad».

Paula pensó en la hija que tenía en casa, que había nacido con una doble equis y unos genitales claramente inclinados hacia el sexo femenino. Pensó si esa casualidad genética sería algo que, como le había pasado a ella y a tantas antes, acabaría por convertirse en un lastre que la obligaría a callar por vergüenza; a no ser creída cuando hablara; a dibujarse en la cara sonrisas corteses cuando algunos, ante ella, hablaran de cosas de las que, obviamente, no tenían ni puta idea.

Tal vez Paula ya no pudiera nunca más ser la de siempre, después de todo.

—Yo tenía trece años la primera vez que abusaron de mí —dijo al fin—. Estaba con mis tres mejores amigas en un descampado. Habíamos ido a ver al novio de Jenni, una de ellas. Él estaba con dos amigos también. —Las otras seis personas de la mesa miraban a Paula en silencio—. De pronto, él me llamó para hablar conmigo aparte y, cuando estábamos lejos, me tiró al suelo, me manoseó y me lamió la boca mientras sus amigos me sujetaban los brazos y las piernas.

Paula dio un trago a su cerveza y miró de reojo la televisión, donde un señor de traje y corbata azul comentaba con firmeza que las estadísticas están alteradas por fines políticos.

—Bueno, joder —empezó a comentar Carlos—, ya sabes cómo son los críos a esa edad, que estamos todos gilipollas.

—La segunda vez yo tenía dieciséis años y fue un hombre que tenía más de treinta —continuó Paula, ignorando el comentario de su amigo—. Un amigo de mi padre. Salí por la noche de fiesta, yo tenía un pedal tremendo. Me lo encontré en un bar, empezó a darme la plasta y no me dejaba irme. Perdí a mis amigas y, cuando me quise dar cuenta, también el último tren para volver a casa. Me dijo que él podía acercarme en coche a otra estación, a coger otro tren. Yo confié en él porque, bueno, era amigo de mi padre. No recuerdo nada más: solo un fundido a negro y, cuando recuperé la consciencia, estaba semidesnuda en un colchón, en el almacén de su tienda. Ese puto viejo me estaba tocando las tetas. —Nadie hablaba, solo miraban a Paula en silencio. Al fondo, seguía oyéndose la tertulia—. Me fui andando a la estación y cogí el primer tren por la mañana. Ese tío, de alguna manera, consiguió mi número de móvil y me acosó durante semanas. Tuve que pedirle a un compañero de clase que me acompañara a todas partes porque tenía miedo.

—¿Y no lo contaste en casa? —preguntó Tatiana. Paula hizo una mueca y negó con la cabeza.

—Dirían que había sido culpa mía, por emborracharme. No quería que me echaran la bronca. Ya tenía bastante.

El rótulo citaba ahora a una abogada especializada en violencia de género que decía que estimaban que «solo se denuncian entre el veinte y el cuarenta por ciento de los casos de agresión». Paula se comió una aceituna. Julia le posó una mano cómplice en la rodilla.

—Tenías que haberlo denunciado —dijo Juan. Paula lo miró, preguntándose qué parte de lo que acababa de contar no habría entendido.

—Cuando vivía con mi ex, pasé una mala racha y perdí toda mi libido. En realidad, mi mala racha era él. No estábamos bien. Un día, cuando nos fuimos a dormir, se desnudó y empezó a insistirme mucho para echar un polvo, y yo no quería. Así que me forzó. Se me tiró encima, me sujetó las muñecas, me apartó las bragas y fue a lo suyo. Yo lloré y le pedí que parara. Al principio no me hizo caso, pero al final me soltó, se quitó de encima y me gritó: «¡Así no hay quien pueda hacer nada!». Se ofendió muchísimo. Estuvo días sin hablarme.

Julia y Tatiana la miraban con sororidad. Carlos y Juan miraban al suelo. Iván, echado hacia atrás en su silla y de brazos cruzados, levantó la vista hacia la televisión. La inspectora de policía Verónica Gómez, de la UAFM (Unidad de Atención a la Familia y a la Mujer), explicaba la gestión de las denuncias de violencia de género mientras un tipo con corbata a rayas insistía en hablar de las denuncias falsas.

—El año pasado, embarazada de ocho meses —continuó Paula—, tenía una revisión en gine. Yo ya había dicho desde el principio que no quería que me hicieran exploraciones y la ginecóloga lo sabía. —Miró despacio a todos los presentes en la mesa, intentando escudriñar sus expresiones, sin saber si entenderían lo que iba a contar—. En aquella revisión me tenían que hacer una prueba para ver si tenía estreptococo, y me iban a coger una muestra de exudado vaginal con un bastoncito. Se suponía que solo de la boca de la vagina, no tenían que meter nada dentro. —Paula hizo una pausa para tomar aire antes de seguir—: Y, cuando estaba en el potro y sin bragas, la ginecóloga metió los dedos hasta atrás.

Los rostros de sus amigos parecían indiferentes. Esperó un poco hasta que alguien habló:

—Bueno, hombre —dijo Julia, torciendo un poco el gesto—. Pero es normal, ¿no? Es decir, ya que estabas allí... Igual por costumbre...

—Le grité —la interrumpió Paula—. Le grité que parara, que no quería que me explorara. Y, en vez de sacar los dedos, ¿sabéis lo que hizo? —La única que reaccionó fue la propia Julia, que negó brevemente con la cabeza—. Se rio de mí. Me dijo que no fuera exagerada, que no era para tanto; que era solo un momentito. Y metió los dedos hasta el fondo, a pesar de que yo le estaba gritando que no lo hiciera.

—¿Y por qué no te defendiste? —dijo Tatiana—. Soy yo y le doy una patada en la cara.

—Claro —dijo Paula—. Eso es fácil decirlo cuando no tienes una barriga de ocho meses y estás panza arriba con los talones en los estribos de una camilla.

Todos permanecían callados. Todos excepto el tipo de la corbata de rayas, que seguía insistiendo en las denuncias falsas, para exasperación de la inspectora de policía, que tenía la sensación de estar hablando con un saco de patatas.

—Joder, Paula —dijo Iván.

—No hace falta que me digáis nada, que me las sé todas: que quizá, de alguna manera, provoqué al novio de mi amiga; que quién me manda emborracharme; que pobrecito mi novio que tanto me quería; que la gine solo hacía su trabajo por mi bien… ¿Queréis que os cuente lo que pasó después de todas estas cosas? —El resto de la mesa se miró entre sí, claramente incómodos ya por la conversación—. Nada. En absoluto. Nada. —Paula rio con sarcasmo—. La primera vez, mi amiga Jenni se enfadó conmigo y estuvo días sin hablarme, hasta que yo, yo, le pedí perdón por lo que había pasado. Ni siquiera dejó a su novio y tuve que seguir viéndolo todo el verano. La segunda… Sois los primeros a quienes se la cuento. Me moría de vergüenza. Me di asco a mí misma durante muchísimo tiempo. Todavía me lo doy. —Paula levantó su cerveza de la mesa y miró el fondo de la jarra a través del escaso líquido que contenía—. La tercera, obviamente, pues ni se me pasó por la cabeza que aquel imbécil me estuviera violando, ¿no? —Y Paula sonrió ampliamente—. ¿Cómo me iba a estar violando si era mi novio? —Terminó su cerveza de un trago—. De la última no ha pasado nada, todavía. Pero creo que voy a poner una queja en el hospital.

Los demás volvieron a cruzar miradas condescendientes. Paula no necesitaba leer sus mentes para saber lo que estaban pensando. Que se le había ido la pinza. Que cómo iba a poner una reclamación a una ginecóloga por hacerle una exploración.

—Chicos, me voy a casa.

Cogió su cazadora del respaldo de la silla y guardó el móvil en el bolso. Tropezó con el botón de encendido y sonrió al ver la foto de su hija en el fondo de pantalla. En la tertulia de la televisión habían cambiado de tema y ahora hablaban de «la mujer de» un futbolista famoso. Miró las caras de sus amigos una vez más; era evidente que estaban muy incómodos, que querían que se fuera ya.

—A lo mejor Elena no se metió en ese portal con un orco voluntariamente —dijo Paula—. Y, a lo mejor —añadió mirando a Juan—, tu compañera solo quiere que la dejes en paz ya. —Se levantó, lista para irse a su casa, a su hogar: ese que había construido y donde la nueva Paula, madre de una niña, podía ser ella misma y hablar sin ser juzgada. Antes de irse, miró una vez más a sus amigos—. Oye, decídmelo otra vez… ¿Seguro que no conocéis a ninguna mujer que haya sufrido abuso sexual?

Al final Paula sí que puso esa queja en el hospital y ¿sabes qué? Que a la ginecóloga le abrieron un expediente. Mira tú por dónde ella tenía razón.

Así que seguro que Paula no necesita quien la defienda de las vecinas, pero, si se cruza con alguna que empiece a decirle que tiene que salir, tú ve, sin vergüenza y con cualquier excusa, y métete en la conversación hasta que se vaya una de las dos. Que ya está bien, coño, qué manera de insistir. Como si hubiera que hacer algo (salir o lo que sea) a toda costa, a cualquier precio.

Paula lleva meses sin salir, ni más ni menos, porque a Paula ya no le apetece salir, fíjate. Y ¿sabes qué? Que tampoco pasa nada. Que ya saldrá. Que si ahora quiere recogerse está en su derecho y puede tomarse el tiempo que le dé la santa gana. Que Paula ahora está reordenando muchas cosas: sus amistades, sus prioridades, su vida. Reordenando su mundo y el mundo que quiere para su hija. Para todas las hijas. Para las tuyas también.

Mira, esa es otra de las cosas que se me han dado la vuelta y no me he enterado de cuándo ha sido. Hubo un tiempo en que a mí, aquí, las horas se me hacían larguísimas, esperando a que terminara mi horario de trabajo para salir a pasear, a ver el sol, a darme un baño o aunque fuera a pasear por la orilla del mar.

Ahora las horas se me hacen largas igual, porque aquí la mayor parte del día está una sola como una anchoa suelta en un bote de aceitunas, pero lo que pasa es que hace un par de años me regalaron entre todas una *Smart TV* y ahora no veo momento de ir *pa* dentro a sentarme en el sofá, con una mantita y un paquete de churros. Pero, mira, a mí nadie viene a decirme que tengo que salir, que ya no sé cómo tomármelo. A ver por qué Paula sí y yo no. Como si después de cumplir los sesenta, o los cincuenta, o los cuarenta o ve tú a saber cuántos años ya se diera por sentado que la calle no es *pa* ti.

Hablando de cosas que no son *pa* ti: no te hagas ilusiones, que la tele es mía y me la llevo. Pero, si quieres, te dejo un paquetito de churros en el congelador y un brik de chocolate a la taza, que el microondas sí que se queda. Los churros, por cierto, en vez de comprarlos en el súper de aquí al lado, suelo estirarme un poco y voy a comprarlos a una pastelería que hay un poco para allá del quiosco, porque es que están deliciosos y, si los congelas, luego un golpe de horno y como recién hechos, oye.

De hecho, casi cualquier cosa que te apetezca comprar, por aquí vas a encontrar alguna tiendita o pequeño negocio que te lo resuelva, y te digo yo que una maravilla, el barrio. Hay alguna vecina que sale a comprar casi casi a diario.

El monedero de Teresa

La persona más mayor del edificio, te lo comenté antes, es Teresa, la del primero B, que tiene noventa y un años. Hará menos de un año que se vino a vivir aquí, a casa de su hija pequeña, que llevaba tiempo insistiéndole. Teresa es una mujer increíblemente amable y con un sentido del humor que te tumba de la risa. Es cálida, y generosa, y siempre piensa bien de la gente. A lo mejor ese es un poco su problema, que no siempre las ve venir y, a veces, se lleva sustos.

A su edad todavía le gusta salir a comprar por aquí cerca casi todos los días. Se sabe con facilidad cuándo va a la compra: siempre lleva el monedero en la mano. Me llamó mucho la atención, las primeras veces, que yo la veía sujetar fuerte el monedero y mirar bien antes de salir a la calle, y también al volver. Como si tuviera miedo de que alguien le

143

robara. Que una piensa: «Pues si tienes miedo a que te roben, ¿qué coño haces con el monedero en la mano, que no lo llevas en el bolso?».

Una vez, a la señora Teresa, casi le robaron el monedero.

Tenía noventa años y vivía en uno de esos barrios que siempre han tenido fama de ser peligrosos, aunque, a decir verdad, hacía ya un par de décadas que no había allí más delincuencia que en cualquier otro barrio de la ciudad.

Se había ido a vivir allí con su marido después de cumplir los dos la setentena, cuando todavía el lugar estaba en el apogeo de su mala fama. La vida, ya se sabe, que sube mucho y las pensiones no, y no hablemos de tener ahorros después de mantener y ayudar a cuatro hijos y siete nietos. Así que, al ver llegar la recta final, Teresa y su marido habían vendido su piso, muy grande y, aunque no céntrico, mejor situado, y se habían comprado un pisito cómodo y pequeño allí, en uno de esos edificios típicos de barriada obrera. De ese modo, con la pensión de él y el dinero del piso, podrían vivir tranquilos, calculaban, lo que les quedaba de vida.

Teresa no lo llevó nada bien al principio. No conocía el barrio ni las tiendas. No sabía dónde vendían bien la carne ni dónde era mejor la fruta. No conocía a las vecinas y le pintaba que estaba ya muy mayor para hacer nuevas amistades. Pero lo peor, lo peor con diferencia, era que tenía miedo. Ella, en su antiguo barrio, salía sola a la calle a hacer la compra, e iba y venía cartera en mano y bolsa de rafia al hombro y se apañaba estupendamente. Pero allí tenía miedo. Hablaban tan mal de aquel lugar… Al menos, estaba a su marido. Su *paisano*. Él le decía siempre que no viviera con miedo, que, si ella estaba en un apuro, la podría ayudar cualquiera.

Con todo, el primer cumpleaños de ella que pasaron en su nuevo hogar —cumplía setenta y un años—, al marido se le ocurrió regalarle un monedero. Uno pequeñito, de tela naranja con flores blancas, que había visto en el escaparate de un quiosco. Así Teresa, cuando él no pudiera acompañarla, podría llevar su monederito con el dinero imprescindible para la compra y dejar la cartera en casa. A Teresa le pareció un monedero horrible. ¡Naranja! Pero ¿cuándo ese hombre la había visto a ella con algo naranja? Además, no le hacía falta: desde que habían cambiado de piso, él siempre iba con ella a todas partes, porque sabía que tenía miedo. Y, al final del día de su septuagésimo primer cumpleaños, Teresa guardó el monedero en un cajón.

Lo rescató ocho meses después, tras el entierro de su marido. Llegó una gripe que se complicó y la neumonía se lo llevó por delante. Una gripe. A veces olvida una que esas cosas matan gente.

Una de sus hijas le insistió en que se fuera a pasar la noche con ella, que no se quedara sola en un momento tan triste. Pero Teresa quería irse a su casa. Dormir en su cama, que todavía olía a él, a su *paisano*. Abrió el armario y acarició sus chaquetas. Colocó sus zapatillas junto al sillón del dormitorio donde él solía sentarse a escuchar la radio. Abrió el cajón de la cómoda y sacó uno de sus pañuelos. Y, cuando vio el monedero naranja asomar en un rincón, se le encogió el pecho y se echó a llorar. Después de cincuenta años de matrimonio, aquel monedero había sido lo último que su marido le había regalado. Para que no tuviera miedo cuando fuera sola a la compra. Justo en ese momento se dio cuenta de que, a partir de entonces, tendría que ir sola siempre.

«Ay, *paisanín* mío. ¿Quién cuidará ahora de que no me pase nada?».

Acababa de cumplir noventa años y la señora Teresa, que vivía en el tercer piso, tenía la mala costumbre de encender la radio de su dormitorio cada noche al irse a dormir. Se había acostumbrado veinte años atrás cuando falleció su marido, porque le daba miedo quedarse sola y en silencio. Era una manía: tenía la impresión de que, si en la casa había ruido, nadie intentaría entrar mientras dormía. Pero su vecino de arriba, que acababa de llegar al edificio, tenía uno de esos turnos raros en la acería y el sueño muy ligero, y le había preguntado si sería mucho pedir que no pusiera la radio por la noche, que él necesitaba dormir.

—Yo necesito la radio, *fillín* —le dijo la pobre Teresa—. Si no, no puedo dormir.

—¿Y no podría usted ponerse unos auriculares? —le había insistido el chico con un poco de desesperación—. Seguro que valen unos *cualquiera*.

—Y eso ¿dónde se compra? —preguntó ella.

—En el Carrefour, mismamente, que lo tiene aquí al lado.

Teresa estuvo tentada de preguntarle si él sería tan amable de encargarse de comprar los auriculares porque, a sus noventa años, tenía que reconocer que le costaba un poco —le costaba mucho— introducir cualquier novedad en su día a día, por pequeña que fuera, y le preocupaba no arreglarse bien para hacerlo ella.

—Muy bien, muy bien —le dijo, en cambio, a su vecino—. Ya voy yo al Carrefour.

«Aquí al lado», había dicho el chaval. Claro que sí, a los treinta años cualquier sitio es «aquí al lado». Para ella, el kilómetro que separaba su portal, en el número 24 de Núñez de Balboa, de la puerta del hipermercado era una distancia insalvable. Especialmente desde que la habían operado de la espalda, cuatro años atrás, y necesitaba una muleta para caminar. Así que, en pos de ser buena vecina, desde su casa llamó a un taxi y, monedero en mano, muleta en la otra, bajó a esperarlo al portal.

Todo lo que tuvo que andar dentro del hiper fue casi peor que si hubiera ido hasta allí caminando, porque ya sabe una cómo es esto: tú entras a por una cosita en concreto y, ya que estás, compras café. Y unas magdalenas. Y estos yogures que en el súper de tu calle no los hay. Y cuando Teresa se vino a dar cuenta había llenado hasta arriba una bolsa con la que ahora no podía cargar. Metió dentro de la bolsa el monedero y comenzó, con paso lento, a dirigirse hacia la puerta.

Verla marchar con la pesada bolsa era sobrecogedor. Daba dos pasos. Paraba. Posaba la bolsa en el suelo. Cambiaba la muleta de mano. Cogía la bolsa con la otra. Dos pasos más. Vuelta a empezar.

Iba a mitad de camino cuando una mujer joven se le acercó para ofrecerle ayuda con la bolsa y Teresa no pensó ni un momento la respuesta:

—¡Sí, por favor!

La desconocida cargó la bolsa, que fácilmente pesaría tres kilos, y le ofreció el brazo libre a Teresa para que se apoyara al andar. En el lento caminar de ambas hacia la puerta,

Teresa le explicó que normalmente no iba a comprar allí porque le pillaba muy lejos de casa, pero necesitaba unos auriculares que al parecer solo tenían allí.

—¿Vive usted muy lejos? —le preguntó la mujer.

—Bueno… En Núñez de Balboa, ¿sabes dónde es?

—¡Ah, sí! ¡Está aquí al lado!

Otra con la misma cantinela.

—Sí, claro… —respondió Teresa—. Cuando una es joven, todo está al lado. Para mí es como si viviera en la luna. He venido en taxi. Voy a ver si llamo ahora a otro para volver a casa.

—Tengo el coche aquí en la puerta y no llevo prisa. ¿Quiere que la acerque hasta allí?

Teresa creyó haber oído mal, así que se aseguró:

—¿Cómo?

—Que si quiere usted que la lleve. No tengo prisa, y tengo el coche aquí aparcado, en la puerta.

Teresa, la miedosa Teresa, no supo muy bien por qué, no se pudo negar.

—Ay, pues me harías un enorme favor. ¿De verdad me llevas?

—¡Claro que sí, mujer! ¿Qué me cuesta a mí?

Y sí, la mujer subió a Teresa y su bolsa al coche y condujo los cinco minutos que separaban el hipermercado del portal. Hablaron por el camino, lo suficiente para conocer sus nombres y que tenían hijos. Al llegar, antes de bajarse del coche, Teresa sacó de la bolsa su monedero naranja de flores e insistió en darle a la desconocida veinte euros para sus tres hijos que, con bastante reticencia, terminó por aceptar.

La mujer acompañó a Teresa a su portal y la dejó allí, con su muleta, su monedero y su bolsa, y desapareció de nuevo entre los coches. Cuando la anciana iba a meter la llave en la cerradura del portal, un joven pasó con un carro de la compra y tropezó con Teresa, con la mala suerte de que la muleta cayó al suelo. El joven se disculpó efusivamente, pero no se detuvo a ayudarla y siguió su camino. Mientras Teresa, aún con las llaves y el monedero en la mano, intentaba agacharse a recoger su muleta, una chica apareció de la nada y se interpuso entre ella y la puerta.

—Deme algo, señora —dijo con un tono despreciativo, casi amenazador.

—No, no tengo, no tengo nada —empezó a decir, apurada, Teresa.

—Cómo que no, señora, que le veo el monedero. —Y empezó a estirar la mano—. Deme algo, que tengo hambre.

—No, no… —tartamudeó Teresa, sin haber aún alcanzado su muleta—. No…

Entonces una mano apareció y levantó la muleta del suelo.

—Tenga, Teresa —dijo otra voz—. Su muleta.

Era la mujer que la había llevado en coche desde el hipermercado, que había oído el ruido de la muleta al caer y había dado la vuelta, por si era ella y necesitaba ayuda. De un golpe de hombro, se interpuso entre Teresa y la chica que la increpaba y que, al ver a la anciana acompañada, se fue.

—Esté tranquila, Teresa. —Sonrió—. Yo espero aquí hasta que entre.

La mujer, mientras Teresa entraba, vio a la joven del portal reunirse más adelante con el chico del carro de la compra. El que le había tirado la muleta a la anciana. Ahí estuvo segura de que le iban a robar. Putos mierdas, atacar de esa manera a quien no se puede defender.

Teresa entró en su portal y, desde dentro, hizo un gesto para despedirse de la mujer, que desapareció otra vez entre los coches. Entonces se dio cuenta de que, con esa cosa de llevar puestas las mascarillas, no le había visto la cara. Podría ser cualquiera.

Teresa llamó al ascensor y subió la bolsa trabajosamente a casa. Abrió la caja de los auriculares y fue al dormitorio a ver si sabía ponérselos a la radio. Sentada en el borde de la cama, abrió el cajón donde guardaba el monedero. Recordó la noche, veinte años atrás, en que allí sentada le preguntó a su marido quién iba a cuidar de que a ella no le pasara nada.

«Ay, *paisano*», suspiró. «¿Has sido tú? No le vi la cara», y sonrió. «Tenías tú razón: podría ser cualquiera».

Tú, cuando veas pasar a Teresa, mira a ver si lleva el monedero en la mano. Ella no te lo pedirá nunca, pero te lo agradecerá con cada arruga de su ser si, cuando lo lleve, le abres la puerta al salir y estás atenta para acompañarla cuando vuelva.

Todo el mundo le tiene miedo a algo. Y es bonito pensar que, si lo necesitamos, nos puede ayudar cualquiera.

La taza de té de Claudia

De vez en cuando viene un mensajero con una cajita monísima que no cabe en el buzón y la deja aquí, en la portería. Es una caja pequeña, verde con filigranas moradas y unas letras exquisitas con el nombre de la tienda, cerrada con cordel y que huele como si dentro hubieras metido cinco primaveras. Es té.

Claudia, la del tercero C, antes no pedía de esto, ¿sabes? Y mira que sé que ella toma té de siempre, pero antes lo debía de tomar del de marca blanca del súper o de cualquier sitio, vete a saber. Pero, de un tiempo a esta parte, ha decidido empezar a comprar tés raros en tiendas de Internet. Se sabe bien cuándo Claudia prepara té, porque todo el rellano del cuarto huele a hierbas. Tiene una colección de teteras raras que asusta. Que mira que no pensé yo de veces, al principio, si la mujer, separada y con una criatura, no tendría nada mejor en qué gastar el dinero que en estas tonterías…

Claudia tenía once años cuando tuvo su primera regla. Fue un día cualquiera; una tarde de martes. Estaba merendando su bocadillo de Nocilla mientras veía dibujos animados y, de pronto, ¡*pop*!, sintió humedad y, creyendo que se hacía pis, fue al baño. En un momento era una niña y, antes de acabar su bocadillo, de repente —según había oído decir por ahí—, era «una mujer».

Ese día, por cierto, Claudia recibió la primera pista de una lección vital: las cosas que te cambian la vida no suelen llegar con preaviso; aparecen, de repente, la tarde de un martes cualquiera. Aunque esa fue una lección que Claudia tardó años en comprender, si es que algún día llegó a hacerlo.

La suerte, buena o mala, ya sabe todo el mundo que es caprichosa. Y la del importante evento en la vida de Claudia quiso que los martes su madre estuviera trabajando, así que no pudo pedirle ayuda a su principal referente femenino, pero, precisamente por esa *caprichosidad* de la suerte, Claudia no estaba sola: su hermana, Rosa, que tenía trece años, estaba en casa también. Y Rosa, ejerciendo de

hermana mayor, cogió a su hermana de la mano y, lleván-
dola hasta el armario del aseo, le hizo una pequeña guía tu-
rística por los productos de higiene femenina que había por
allí. Le explicó la diferencia entre una compresa y un *sal-
vaslip*, la ayudó a cambiarse de ropa y, después, le contó su
pequeño truco:

—A mí casi siempre me duele la barriga cuando me viene la regla, pero no te asustes, ¿vale? Ven. —Y la llevó hasta la cocina—. Toma. Esta es mi taza especial.

Claudia examinó con curiosidad la taza. Un cilindro ce-
rámico de color blanco, decorado con pequeños lunares de
colores. Una taza absolutamente normal.

—¿Qué tiene de especial? —preguntó.

—El ritual —respondió la mayor, sonriendo—. Es una
taza que me gusta mucho, me la regaló mamá cuando me
vino a mí la regla la primera vez. Yo tenía nueve años. Me
dijo que era una taza mágica que quitaba el dolor de barriga, y luego me preparó un té.

—¿Es mágica?

—¡Qué va a ser mágica, boba! —rio la mayor—. Es una
taza normal. Pero el primer día de regla me hago un té,
como me enseñó mamá, y me lo tomo en esta taza. A mí me
ayuda a llevarlo mejor.

—Bueno, entonces un poco mágica a lo mejor sí que es.

—Te la regalo.

—¿En serio? —preguntó Claudia, sin disimular un brillo de entusiasmo.

—Sí. Para ti. Ven —añadió Rosa, llenando la taza de agua del grifo y metiéndola después en el microondas—, vamos a preparar un té.

Cuando Claudia se fue de casa a vivir con su novio a los veintitrés años, se llevó consigo la mitad de su ropa, casi todos sus libros, un par de peluches, un neceser y su taza del primer día de regla. Una taza que solo sale del armario una o dos veces al mes tiene más probabilidades de sobrevivir en el tiempo, supongo yo, aunque para entonces la cerámica blanca ya tiraba a beis y Claudia habría jurado que antes los lunares tenían los colores más vivos, y que incluso había perdido un par de ellos.

A los veintiséis años se quedó embarazada y la taza hubo de quedarse guardada en el fondo del armario muchos meses, entre embarazo y lactancia, antes de ser utilizada de nuevo. Pero llegó, claro, el día en que la regla volvió y, Claudia, como siempre, regresó a su té del primer día de menstruación en su taza mágica. Que era mágica porque, muchos años después, cada mes, aún la hacía sentir cerca de su hermana y de su madre. Era su «momento aquelarre», como decía ella, su pequeño instante de conexión femenina con las dos mujeres más importantes de su vida.

La vida de Claudia se fue convirtiendo en una sucesión de días en que la rutina se apoderaba de todo y, dentro de esa rutina, casi nunca había sitio suficiente para ella misma. Ni para sus cosas materiales, que se iban viendo relegadas a amontonarse en esquinas y rincones mientras diversos objetos, desde dinosaurios de goma hasta corazones de manzana, se iban apoderando del espacio disponible en mesas y estanterías; ni para sus cosas emocionales, como la manera en que sus novelas iban acumulando polvo sobre sus páginas cerradas mientras ella leía cada noche *El gran gigante bonachón* o *Harry Potter*. O cómo, poco a poco, sus complejas —y sanísimas— ensaladas iban desapareciendo a favor de los macarrones con tomate y los sanjacobos congelados.

La pareja de Claudia se quedó sin trabajo cuando el hijo de ambos empezó la primaria, y él comenzó a ocuparse de prácticamente todo mientras Claudia seguía trabajando. Un día le pareció buena idea limpiar la cocina a fondo. Y, un par de semanas después, a Claudia le bajó la regla y se dirigió al armario donde, escondida detrás de un montón de vasos de plástico de superhéroes que se habían ido acumulando con el tiempo, guardaba su taza a salvo del caos que reinaba en su hogar.

Los vasos no estaban.

La taza tampoco.

Abrió todos los armarios de la cocina y rebuscó como una loca, bien concentrada en esa primera fase de las cinco del duelo que tan bien supo definir Elisabeth Kübler-Ross: la negación.

—¡No! —gritaba a solas, mientras su marido y su hijo veían la televisión en el salón—. ¡No, no, no, no, no, no, no!

Con tan profunda negación, al final el marido entró en escena.

—¿Qué pasa? —preguntó desde la puerta. La mirada fulminante de Claudia, que se giró hacia él desde el armario del fondo, hizo que él deseara no haber levantado el culo del sofá para preguntar.

—¿Dónde está mi taza?

Él sabía que era una pregunta trampa, pero ya era tarde para dar marcha atrás y no le quedaba más remedio que responder.

—¿Qué taza?

Claudia notó la bilis subir directa a sus ojos.

—MI taza. La de lunares de colores. La mía. La que estaba en el armario de los vasos de plástico.

—La…

—Por favor —suplicó Claudia—, dime que no la has tirado.

—Sí —dijo tosiendo él—. La tiré. Había que hacer espacio.

—Había que hacer espacio.

—Sí.

—Y tiraste mi taza.

—Sí.

—¿Por qué?

—Porque no la usaba nadie.

Y fin de la fase de negación. Comenzó la ira.

—¡¿Y yo quién coño soy?! —gritó Claudia— ¡¿Yo no soy nadie?!

—Pero si no la usabas.

—TODOS, tío, joder, TODOS y CADA UNO de los meses, durante más de diez años que llevamos viviendo juntos, me has visto usar esa taza el día que me viene la regla. TODOS LOS MESES, coño. ¡TODOS!

—No me he fijado.

—Pero ¡¿cómo que no te has fijado?! ¡Si cuando me ves meter la taza en el microondas ya me preguntas si me ha venido la regla! ¡¿Cómo que no te has fijado?! ¡¡Has tirado mi taza!!

—Estás exagerando un poco, ¿no? —dijo él por toda respuesta. Y añadió, bromeando—: Se nota que te ha venido la regla.

Claudia guardó silencio. «Era la taza que mi madre le regaló a mi hermana, y mi hermana me regaló a mí. Era la taza que, cada mes, me recordaba que soy algo más que la madre de esta casa; que formo parte de una familia más amplia;

que tengo gente que me quiere y me cuida; que entre mujeres nos comprendemos y nos sostenemos; que siempre las
tendré a ellas. Esa puta taza era mi garantía de que al menos
una vez al mes, y aunque fuera en la distancia, alguien me
daría un abrazo».

—Claro —dijo al fin Claudia, asintiendo resignada—.
Es verdad. Soy una exagerada.

Y la vida de Claudia siguió, exactamente igual que hasta ese momento. Y cuando, un tiempo más tarde, después
de intentar sin conseguirlo que su pareja comprendiera de
qué manera ella necesitaba ser cuidada, después de pasar por
varias épocas de profunda tristeza vital, Claudia llegó por fin
a aceptar que la vida que tenía, y el lugar que ella ocupaba
en su propia vida, no encajaban con lo que ella necesitaba
para ser feliz. Y decidió actuar.

Un día cualquiera, una tarde de martes, mientras su hijo
estaba en clase de inglés, Claudia le dijo a su marido que lo
dejaba. Él, sin dar crédito a lo que oía —probablemente porque estaba en plena fase de negación—, solo acertó a preguntar: «¿Por qué?».

—Sé que crees que exageré —dijo ella, tranquila—,
pero es que… era una taza mágica, ¿sabes? Mantenía unidos
mis pedazos. Y, desde que desapareció, no me he podido
volver a recomponer.

Desde entonces, Claudia cuida mucho ese ritual, ese aquelarre en la distancia heredado de las mujeres de su familia. Es su momento. Es su abrazo. Claudia es muy *apañá* y está convencida de que no necesita a nadie que la cuide. Pero tú cuida su caja de la tienda de té cuando le llegue. En el fondo, todas necesitamos que nos cuiden o que, por lo menos, nos ayuden a cuidarnos nosotras, ¿no te parece?

El pintaúñas de Eva

Tal vez piensas que la más coqueta del edificio es Marisa, la del tercero A, que se pinta los labios para ir a comprar chorizos. O Menchu, la del quinto D, que con la edad que tiene se empeña en ponerse esos zapatos repletos de extravagancia. O Miriam, la del primero C, que se pasa el día mirándose al espejo. Ay, perdona el despiste: aún no te he hablado de Miriam… Bueno, luego te cuento.

Como sea, déjame que te diga que no es ninguna de ellas. Si yo tuviera que destacar a una por su coquetería, esa sería Eva, la del segundo D.

Eva ronda los cincuenta y trabaja en el *office* de un restaurante muy pijo de la capital. Se pasa seis días a la semana fregando cacharros, con las manos en remojo perpetuo entre agua caliente y desengrasante. Fíjate en sus uñas. Cada noche, vuelve con ellas destrozadas. Cada mañana, sale de aquí con la manicura recién hecha.

Qué cosa tan inútil, ¿verdad? Pintarse las uñas todos los días para estropearlas enteritas solo unas horas después.

Cuando Eva era pequeña, se apoyaba sobre la mesa de la cocina y se quedaba largos, interminables, infinitos ratos mirando aquellas manos, las de su abuela, mientras desenvainaban guisantes, escogían lentejas o escribían una lista de la compra.

Las miraba fijamente, con esa poca vergüenza que solo se tiene dos veces en la vida: la primera, cuando tienes pocos años; la segunda, cuando tienes muchos.

Era imposible no mirarlas.

Lentas. Torpes. Temblorosas.

Las uñas, descascarilladas, astilladas, rotas seguramente de frotar el estropajo de alambre contra el culo de mil sartenes, no eran rosas y blancas, sino que se mostraban deslustradas en una escala de amarillos que a veces intentaba disimular con un pintaúñas rojo; un pintaúñas barato que no escondía las astillas y que dejaba las uñas más amarillas después. Pretendían ser largas y bonitas. Lo eran, de hecho, aunque eso Eva solo lo entendió después.

Tenían tantos tantos pliegues... Tantas arrugas, aquellas manos. Eran casi unos guantes. Sí, eso eran: guantes de pergamino viejo, de papel mojado. ¿Quién querría ponerse unos guantes de papel mojado?

Pero lo que más la hipnotizaba, lo que captaba la atención de Eva por encima de todo lo demás era lo que se veía bajo la piel. Venas que, azules, parecían moverse entre los tendones, como insectos indeseables, parásitos irremediables, inevitables. Cenizas lombrices infectas, contoneándose, amenazando con romperse y traspasar la piel.

El conjunto había de ser horrible y, sin embargo, era fascinante.

Eran manos de vieja.

Era imposible no mirarlas. Tan diferentes a las suyas.

Las suyas. Jóvenes, fuertes, ágiles, rollizas, morenas, curiosas y valientes.

Eva se juró a sí misma que sus manos nunca serían como las de ella. Se quiso prometer que sería así.

Y, sin embargo, aquí está.

Fregando con estropajos de alambre el culo de mil sartenes.

Escribiendo despacio una lista de la compra sobre la mesa de la cocina.

Lenta, torpe, temblorosa.

A diario usa un pintaúñas rojo para esconder sus uñas rotas.

Ya tiene sus propios guantes de pergamino vejo, de papel mojado.

Y son unos guantes preciosos.

Aunque puede que eso solo lo entienda después.

La más coqueta del edificio, sí. No olvides decirle, alguna vez, lo mucho que te gustan sus manos.

La sábana de Lina

Llega muy poco correo para el quinto A. La mayoría de lo que le meten en el buzón es publicidad. Ya sé que en muchos edificios con portería no se permite meter publicidad en los buzones, que se pide que se deje aquí en la mesa o, directamente, que no dejen nada. Pero aquí a la mayoría de la gente le gusta tener sus folletos en sus buzones y ver las ofertas del súper, los menús de los restaurantes que reparten a domicilio… Esas cosas. En general, salvo para limpiarlos, no hace falta que les prestes atención a los buzones. A no ser que el cartero traiga algo para el quinto A. Entonces sí.

En el quinto A vive Lina. Está aquí desde hace ni se sabe. Todavía no tenía ascensor el edificio, así que fíjate el tiempo que hace. Y vive sola. Lina solo recibe correo de la Seguridad Social y del hospital, porque siempre anda de médicos, la mujer. No le subas tú el correo, deja primero que ella lo recoja, pero cuando ya lo tenga, busca cualquier excusa para subir a su casa. Es probable que te necesite.

Linarejos Rosario Cruz Anguís nació, recién estrenada la década de los cuarenta del siglo XX, en un pequeño pueblo cacereño llamado Alcoralillo; a unos ochenta kilómetros al sur de la capital que, por aquel entonces, era como si a ambos lugares los separara un océano de distancia.

La vida en Alcoralillo en los años cuarenta no era demasiado emocionante. Tampoco lo es ahora. Ni lo era, por entonces, en ningún pueblo perdido de ningún lugar. Y era mejor así, porque llamar la atención haciendo extravagancias no estaba demasiado bien visto. Especialmente si eras una joven mujer. A Charo —era así como la llamaban en su casa, Charo, o Charito, como su abuela materna, a quien ella detestaba— no es que le pareciera mal la vida tranquila, pero era de esas niñas que tenían inquietudes extrañas e incómodamente inapropiadas, de esas que cuestionaban el orden de las cosas. Una vez, cuando tenía unos ocho años, se le ocurrió decir en casa que ella también quería ir a la escuela a aprender a leer, igual que sus dos hermanos y, mientras su padre y sus hermanos estallaban en risas y a su madre se le pintaba en la cara una mueca seria, su abuela, la legítima propietaria de su nombre, la reprendió con gravedad:

—Déjate de tonterías, que una mujer no necesita saber leer para nada —le dijo—. Mejor te esmerabas en frotar mejor, que aquí hay mucho que lavar y tu madre y yo no damos abasto. No vas a encontrar marido ni quien te quiera, nunca, como no espabiles.

Alguna vez Charo, la pequeña Charo, le contó a su madre que odiaba su nombre tanto como odiaba a su abuela, y su madre, la vez más suave, la riñó por hablar así de su abuela; la vez más fuerte, por lo mismo, le soltó un bofetón.

Charo sabía portarse bien. En realidad, todo el mundo en Alcoralillo se portaba bien. En un pueblo montañés de quinientos habitantes, separado casi cuatro horas a pie del pueblo más cercano, donde cada día era igual al anterior y todo el mundo se conocía, no podía ser de otra manera. Y Charo se limitó a poner el piloto automático. A no hacer nada que no le estuviera permitido. A hacer, exclusivamente, lo que se esperaba de ella: ser buena vecina, discreta, servicial, educada y chismear de vez en cuando si la ocasión lo exigía; ser buena hija, lavar, fregar, cocinar y, sobre todo, cuidar: a sus hermanos, a su abuela, a su padre si se terciaba y a las dos gallinas ponedoras que la familia tenía en el patio trasero y que, cada cierto tiempo, se iban a la cazuela para

ser reemplazadas por otras más jóvenes. A Charo se le revolvía todo por dentro cuando llegaba el momento de inter-
cambiar gallinas: le parecía la perfecta analogía de la relación
con su madre y con su abuela; preparamos a la joven para
sustituir a la vieja, y la tiraremos cuando ya no nos sirva.
Aunque Charo, por supuesto, no tenía ni idea de lo que era
una analogía.

Pero ella tenía esa chispa dentro. Esa pequeña llamita
interior que no dejaba que su persona se apagara. Por eso,
seguramente, el impacto de lo que sucedió en su pueblo el
día de San Felipe Neri, cuando ella tenía quince años, fue
mucho mayor para ella que para el resto.

Ese día llegó al mismo borde del pueblo un coche de la
Guardia Civil. De él se bajaron dos agentes escuetamente
ataviados (uno de ellos ni siquiera llevaba puesto el tricor-
nio). Abrieron la puerta trasera del coche e hicieron señas al
ocupante para que se bajara. Unos pocos vecinos, entre ellos
Charo, juntaron por allí sus narices, a ver qué caray pasaba.

No era especialmente raro ver por ahí una patrulla de
la Guardia Civil, y alguna vez habían visto incluso cómo se
llevaban a alguien. Pero a este forastero no lo llevaban, lo
traían. Y eso sí que era una novedad. Una vez, en la taberna, el mayor de los Carrasco (que de vez en cuando viajaba
a trabajar a León con un tío suyo) había contado que había
visto cosas así. Pero para los vecinos de Alcoralillo había sido

más fácil pensar que Carrasco probablemente exageraba, por esas cosas que tiene el vino fuerte. Del coche se bajó un chico joven, no podía contar veinte años aún. Todos vieron a los guardias civiles entregarle una pequeña carpeta al recién traído, le señalaron el camino hacia la plaza y, sin más, se fueron, dejándolo solo, mirando directamente a un pueblo en cuya linde un grupo de curiosos fingió de pronto estar faenando en otros menesteres. Todos, menos Charo, que se quedó plantada como una esfinge, mirando embobada a aquel muchacho de mandíbula cuadrada y hombros enormes que acababa de llegar. Esperó, quieta, mientras él se acercaba con paso inseguro por el pedregal. Cuando llegó a su altura, Charo perdió sus modales de buena vecina y, con las rodillas temblando de algo parecido a la vergüenza, le espetó:

—¿Tú quién eres?

El muchacho frenó a su lado, agachó la cabeza para mirarla a la cara y, cuando se encontró con dos ojos azules como lagos de invierno, sonrió:

—Me llamo Álvaro.

—¿Y apellido no tienes?

El chico, todavía asustado, sonrió un poco más.

—Álvaro Balbín. ¿Quién eres tú?

—Linarejos Rosario Cruz Anguís.

—Un poco largo, ¿no?

—Todo el mundo me llama Charo, como la madre de mi madre.

—¿La madre de tu madre? O sea, ¿tu abuela?

—Sí, bueno… Es que no me gusta mi nombre… —Y en un impulso, tal vez alimentado por esa llama suya tanto tiempo contenida, añadió—: Y tampoco me gusta mi abuela.

Aquello era, con casi total seguridad, lo más irreverente que Charo había hecho en su vida. ¿Cómo se había atrevido a hablar así de su abuela delante de un desconocido? Álvaro soltó una pequeña carcajada que ella acompañó con una risita floja.

—Bueno… —respondió él—. Entonces, si no te importa, prefiero llamarte Lina. —Y añadió, señalando con el pulgar hacia atrás—: Esos dos me han dicho que tengo que ir al ayuntamiento. ¿Me dices dónde es?

La chica, sonriendo, empezó algo importante, aunque aún no sabía qué:

—Mejor te acompaño. —Y se fue con él.

En el pueblo, todos menos Álvaro la siguieron llamando Charo, pero ella no fue Charo nunca más. A partir de aquel día, fue Lina. Y años más tarde fue Lina, la mujer de Álvaro el asturiano, el minero exiliado.

La madre de Lina, como toda buena madre, y a pesar de lo mucho que le enfadaba que aquel forastero le hubiera cambiado el nombre a su hija, llevaba años preparándole el ajuar de bodas y, el día antes de las nupcias, le entregó entre lágrimas la pieza favorita de aquel legado materno: una fina sábana de hilo que ella misma había bordado deliciosamente con flores en macramé rosa y dorado, y unas pequeñas letras en la vuelta. Había tardado meses en bordarla. Lina prometió a su madre que la guardaría como un tesoro y que la reservaría para una ocasión especial. Y tanto que fue así, porque la guardó en una caja y tardó muchos años en sacarla.

Lina y Álvaro tuvieron dos hijas mientras vivían en Alcoralillo y otras dos cuando se vinieron a vivir a Asturias. Porque, cuando Álvaro supo que era seguro volver, quiso regresar a su hogar. Y, por supuesto, Lina se fue con él. No se lo pensó dos veces: su hogar estaba donde estaba él. Se llevaron solo lo que pudieron cargar en el coche del mayor de los Carrasco: a sus hijas (las dos que tenían entonces), algunas fotos, ropa, dinero, documentación… Y la sábana bordada del ajuar. Todo lo demás quedó atrás. No importaba, la vida estaba por delante.

En su vida en Asturias, Lina era profundamente feliz. Tenía un marido bueno que trabajaba en la mina, tenía cuatro hijas listas como ardillas (quince años, había, entre la pequeña y la mayor) y todas fueron a la escuela. ¡La mayor incluso entró a trabajar en una sucursal de la Caja de Ahorros! Y Lina, ya sí, era Lina de pleno derecho. Ya nadie la llamaba Charo. Era Lina: buena vecina, discreta, servicial, educada y chismeaba de vez en cuando si la ocasión lo exigía; lavaba, cocinaba y, sobre todo, cuidaba. Cuidaba a sus hijas, a su marido y a las dos gallinas ponedoras que la familia tenía en una pequeña huerta que habían alquilado a un vecino de la zona, y que Lina se negaba a echar al puchero, aunque se hicieran viejas. Cuando dejaban de poner, traía dos nuevas y andando. A las viejas las dejaba morirse de viejas, que se lo habían ganado.

Sí, ese era el hogar de Lina. Hasta que Álvaro enfermó. Cuando ya tres de las hijas habían volado del nido y solo la pequeña, Verónica, quedaba en casa, la salud de Álvaro comenzó de pronto a deteriorarse. Vivía en un estado permanente de dolor. No podía trabajar. A veces no podía siquiera vestirse. No podía ni pensar. Él, Álvaro, el fuerte. El minero de anchos hombros exiliado en un pueblo perdido de la montaña extremeña. El que había trabajado en las canteras de caliza de una tierra que no era suya y se había casado con Lina, la de los lagos de invierno. Él, que había formado una familia y había vuelto al hogar y a la mina para sacar adelante a sus hijas. Él, el hombre, derrotado. Viendo a su mujer salir a limpiar las casas del barrio rico para llegar a fin de mes.

Lina no solo vio menguarse la salud de su marido, sino que también vio cómo se apagaba lentamente. Cómo la pena se lo iba llevando por delante, más rápido incluso que la enfermedad.

Una tarde de viernes, cuando la hija pequeña contaba doce años, Álvaro salió de casa. Dijo que se sentía con ánimo de ir a dar un paseo, que le apetecía conducir. Llegó la hora de cenar y no había vuelto. La niña se fue a dormir y Lina se quedó sentada en una silla de la cocina, esperando que su marido volviera. No volvió. Lina estuvo sentada en aquella silla desde que recogió el último plato de la cena hasta que el cielo tras la ventana empezó a anunciar la mañana, sabiendo lo que, en algún lugar, acababa de pasar. Cuando Verónica se levantó y salió a la calle para ir a la tienda, volvió a casa en dos minutos:

—¡Mamá, asómate a la ventana! —gritó—. ¡Ha pasado algo allí, en el *camín* de La Melendrera! ¡Están todos los vecinos!

Lina sostuvo las lágrimas. Se levantó despacio, fue a un armario y, con un gesto tranquilo, como si en esa tranquilidad pudiera contener y guardar toda su tristeza, sacó la sábana que su madre le había regalado con su ajuar, su suave, cálido tesoro, que nunca había llegado a desempaquetar.

—Hija, es tu padre —le dijo—. Ten. Ve para allá y llévate esta sábana. Dásela a alguien para que lo tape.

Verónica salió de casa sin llegar a comprender lo que quería decir su madre, aunque lo hizo en cuanto llegó al camino y vio el coche de su padre con el cuerpo dentro. Lina no quiso asomarse a la ventana. Nunca quiso saber dónde estaba el coche. Nunca preguntó en qué parte del camino había sido. Nunca volvió a pasar por allí.

Un par de semanas después, una vecina joven, una moza de unos diecisiete años, llamó a su puerta y le entregó una bolsa de papel con algo dentro.

—¿Qué es?

—Es la sábana, Lina. Alguien la dejó en el coche cuando… Bueno, te la he lavado. No sabía si querrías tenerla.

Lina sacó la sábana de la bolsa y se concentró en mirar los bordados. Quiso mirar las flores y las letras para no ver el cuerpo de su marido cubierto por aquel hilo que ahora tenía en las manos.

—¿Cómo supiste que era mía? —preguntó.

—Lo pone ahí —respondió su vecina. Lina volvió a mirar las letras.

—¿Qué pone?

Su vecina la miró entre la extrañeza y la ternura. Nunca se había parado a pensar que una mujer de su barrio pudiera no saber leer.

—¿Qué pone? —insistió la mujer.

—Pone «Lina».

Un día tuve que subir a su casa para ayudarla a purgar el radiador de su habitación, que todos los años le da problemas. Me invitó a tomar un café mientras esperábamos a que fuera saliendo, poco a poco, todo el aire del chisme y entonces, no sé cómo, acabó por contarme su historia.

—¿Te enfadaste mucho con él, Lina? —le pregunté.

—Mucho mucho. Muchos años. Creo que estuve enfadada con él tantos años como habíamos estado casados. —Sentada en la silla de la cocina, Lina apretó los labios y miró a lo lejos, a través de la ventana; quién sabe si al *camín* de La Melendrera o a las estrellas que asomaban, en el horizonte, tras el bosque de eucaliptos—. Me dejó sola, con la niña, con sus cosas, con la pena. Primero estuve enfadada. Después ya no, pero no era capaz de perdonarlo. Hace poco que lo perdoné.

Quería preguntarle por qué, pero una cosa importante del arte de escuchar es saber cuándo callar, ¿no te parece? No anteponer tu propia curiosidad a lo que la otra persona esté dispuesta a contar. ¿Cómo era posible que yo llevara ya quince años en el edificio y no supiera todo aquello? Mantuve silencio y me limité a rodear con mis manos congeladas la taza de café, que todavía estaba caliente. Creo que ella agradeció la pausa. Cuando estuvo lista, siguió:

—Me duele todo, nena. Todo me duele. Y ya estoy cansada del dolor. Necesito ayuda para limpiar. Necesito ayuda hasta para dormir. No sé cuándo me he hecho tan vieja. Pero no me gusta, nena, no lo llevo bien. No me gusta ser vieja —suspiró—. Lo he perdonado, porque ahora lo puedo entender.

Se levantó, se acercó al recibidor, cogió un sobre que tenía estampado el logotipo del hospital y se acercó a mí:

—Anda, hazme un favor. —Me entregó el sobre—. Me ha llegado hoy esto que parece importante. ¿Me lo puedes leer?

¿Ves lo que te decía antes de la vida y sus lavadoras? Un día tienes ocho años y no te dejan ir a la escuela para aprender a leer, dos lavadoras y, ¡pum!, tienes más de ochenta y necesitas que alguien te lea el correo. Porque, claro, seguro que entremedias, si has tenido ocasión de aprender, la vida te ha pillado ocupada en otras cosas: cuidando críos, limpiando casas… Pues eso: poniendo lavadoras.

Por cierto, que aquí cada quien en su casa tiene lavadora, pero en el sótano, en el cuarto de al lado del de la basura, hay una lavadora grande y una secadora, que son las que uso yo normalmente (las que tendrás que usar tú) pero que también están a disposición de todo el bloque, para cuando tienen avería en casa o, mismamente, cuando tienen que lavar algo grande que no les entre en las suyas.

Hay una vecina que, por lo menos una vez al año, trae para lavar una pancarta enorme de loneta que antes llevaba a manifestaciones y que ahora cuelga en la ventana. Y hay otra que, pobrecita, está siempre justísima de dinero y tiene una lavadora con más años que la *orilla'l* río que, claro, no tiene dinero para cambiar, y cada poco la ves ir al cuarto de la lavadora con una cesta llena de ropa teñida de pinturas. La primera vez que la vi fue un susto gordo. Talmente parecía que había matado a alguien. Pero no, hija, es pintura. Es que tenemos una artista.

Yo siempre quise aprender a pintar, ¿sabes? A lo mejor te lo has imaginado ya, porque a lo tonto te he llenado el manual de dibujitos. De pequeña dije una vez que quería apuntarme a manualidades y, en lugar de eso, me apuntaron a inglés. «Que me iba a ser muy útil en el futuro», me decían. ¡Ja! Sí, hombre. Para entender por los dos lados el cartelito de *Suelo mojado* cuando paso el mocho, no te jode… Pensé que algún día podría apuntarme a clases particulares de arte o algo así, pero ya sabes cómo es… Me lie poniendo lavadoras. Aunque, quién sabe, nada me impide ponerme ahora, digo yo.

Los pinceles de Ángela

Hay una vecina de la que dicen que tiene pinta de mosquita muerta y que luego debe de ser un mal bicho. Pálida, pequeña y delgadita, como una muñeca de porcelana, la mujer del cuarto B dejó los estudios de cría, vive sola desde muy muy jovencita y, desde que echó a su pareja de casa, hace como seis años, no se le ha vuelto a conocer una ni medio formal. Su puerta es un desfile de hombres y mujeres y nadie suele quedarse más de una noche.

Ya te puedes imaginar lo que algunas personas dicen de ella… Carmen, su vecina de puerta, vive escandalizada.

Ángela abandonó el bachillerato de Artes casi el mismo día que su padre se largó de casa.

Aquel sucedáneo de hombre, borracho —y peores cosas— como el que más, se fue a construirse una nueva vida con otra mujer y el hijo que ambos esperaban, y al cerrar la puerta dejó claro que no quería volver a saber nada de ellas. Ni de la mujer a quien dejaba ni de la hija adolescente de los dos. Se fue, como suceden casi siempre las cosas importantes, un día como cualquier otro. Ya sabes: una tarde de martes. Uno de esos días en que Ángela volvió a casa del instituto, todavía ajena a todo y, como hacía siempre, le dio un beso a su madre al llegar.

Los temblores, el terremoto, vinieron justo después.

Su padre era el único que metía dinero en casa, y la sorpresa de aquel martes pilló a Ángela y a su madre con la nevera a medio llenar, doscientos euros en efectivo dentro del *Quijote* del salón como únicas reservas y sin saber cómo pagar, al mes siguiente, la luz ni el alquiler.

Ángela, a sus diecisiete años, llevaba tiempo poniendo copas los fines de semana, por aquello de tener un dinero extra para sus cosas (especialmente para el material de arte, que no era nada barato). Su madre, a sus cincuenta y cinco años, no había trabajado nunca fuera de casa; jamás había estado en el mercado laboral y, aunque desde el primer día puso todo su empeño en encontrar trabajo, de lo que fuera, no había suerte. A Ángela le llevó apenas cinco días de negativas desoladoras comprender que sería más fácil que ella encontrara empleo de camarera a tiempo completo que su madre de cualquier otra cosa. Y eso hizo, porque los días se les echaban encima y las cuentas no salían.

Doce fue el número mágico: solo doce días después de que su padre se fuera de casa, Ángela tenía un trabajo a jornada completa (completísima: de once horas diarias, seis días a la semana) en una cervecería del centro. Era una solución temporal, hasta que su madre encontrara un empleo que les permitiera sobrevivir. Podría recuperar las asignaturas en la siguiente evaluación. Estaba dispuesta a esforzarse al máximo.

Ángela nunca volvió a estudiar. A su madre solo le salió trabajo en una empresa de limpieza donde a las nuevas les iban dando horas con cuentagotas. Imposible subsistir ambas con lo que ganaba su madre; imposible prescindir de los novecientos euros que ganaba Ángela.

Se resignó al nuevo futuro que, irónicamente, se le dibujaba en el horizonte. Adiós a su esperanza de pedir una beca para estudiar Bellas Artes.

La madre de Ángela falleció cuatro años más tarde de un cáncer de mama, sin haberse perdonado jamás a sí misma. Hasta el último de sus días creyó que era la culpable de que su hija hubiera tenido que abandonar sus planes de estudiar una carrera, de dedicarse a pintar. Durante un tiempo, Ángela también lo creyó. No el padre que se fue, no el sistema laboral, no: ella. Ángela ni siquiera llegó a saber si su padre se habría enterado de que su madre había fallecido. Con veintiún años se quedó sola.

Tenía veintiocho años y toda su vida adulta se había construido sobre unos cimientos frágiles, sobre ese arrullo que parecía siempre recordarle que ella no era suficiente, que no era buena para nada, que había nacido en la miseria y en la miseria iba a morir, trabajando entremedias hasta partirse la espalda en algo que no le gustaba a cambio de, con suerte, poder irse una semana de vacaciones al año a algún lugar no demasiado lejano, no demasiado caro.

Pero desde que vivía con su pareja, hacía unos meses, jugaba con la idea de volver a estudiar. Ahora era comercial en una empresa de telefonía y, aunque su sueldo seguía siendo una pequeña ruina, tenía más tiempo libre y en su casa eran dos las personas que metían un salario, así que tenía una vida relativamente cómoda. No era una idea descabellada, aún estaba a tiempo de volver a intentarlo.

Un día, al salir de trabajar, fue a la tienda de bellas artes. Compró un sencillo lienzo de algodón en bastidor de pino, los cuatro acrílicos de rigor —amarillo, cian, magenta y una sombra tostada— y rescató del trastero su caballete, su paleta de madera y sus pinceles de marta sintética.

Antes de que su pareja volviera a casa, montó todo en el salón. Se emocionó al ponerse su vieja camiseta de pintar, la que usaba en lugar de un trapo para limpiar los pinceles y eliminar el exceso de agua antes de tocar el lienzo. Decidió empezar por algo fácil para quitar el óxido a sus manos: un atardecer. Un violeta atardecer egipcio iluminando el templo de Karnak. Tal vez una faluca sobre el agua. Se estremeció de entusiasmo; sentía algo volver a nacer en su interior, algo que llevaba muerto mucho tiempo. Más tiempo incluso que su madre. Empezó su pintura por el mismo lugar de siempre: arriba, a la izquierda. Y el cielo, poco a poco, se fue materializando sobre el lienzo durante una hora y media, hasta que lavó los pinceles con cariño y los dejó sobre la mesa para ir a hacer la cena.

Estaba poniendo la tortilla sobre la mesa cuando su pareja entró en casa y se dirigió al salón. Lo primero que vio fue el caballete montado, con un lienzo sobre él y lo que parecía un cielo morado a medio pintar. Y le dio por reír. Ojalá hubiera sido de alegría o de cualquier cosa que se le pareciera un poco. Pero no, se rio de la pintura. Se rio de Ángela.

—¿Quién ha hecho eso? —se burló—. ¿Has sido tú?

—Pues… —titubeó—. Claro. Quién lo va a haber hecho si no. Yo.

—No me jodas, Ángela —siguió, en tono de mofa—. ¿Ahora te da por pintar? —Y, yéndose hacia el dormitorio a quitarse los zapatos, añadió—: Dedícate a vender teléfonos, anda, que es lo tuyo.

Algo se movió dentro de Ángela. No, no se movió, más bien se desplazó, mutó; como un interruptor que cambia de posición para que la corriente fluya y la cabeza se ilumine. Sí, al escuchar esa última frase, Ángela, de pronto, recordó nítidamente a su padre decirle a su madre: «Dedícate a cocinar, que es lo tuyo». «Dedícate a limpiar, que es lo tuyo». «Dedícate a callar, que es lo tuyo». Y Ángela, congelada en el tiempo, todavía con el plato de la tortilla en la mano, se quedó mirando a aquella persona que tenía delante y pensó que ese no era el amor que ella quería, porque el amor que ella quería tenía que querer su vida toda. Toda, con todos sus matices: con sus luces violetas y sus sombras tostadas. Y no se iba a conformar con menos. No viviría resignada nunca más.

Doce fue el número mágico: doce días después de aquello, Ángela, que vivía sola otra vez después de echar a su pareja de casa, fue a la tienda de bellas artes a comprar otro lienzo. Al llegar a casa dejó en el suelo el cuadro con el cielo aún a medio hacer y, en su lugar, colocó el lienzo en blanco. Sobre el raíl del caballete, con un pedazo de cinta de carrocero, pegó una fotografía de su madre.

—Nunca fue culpa tuya que dejara de estudiar, mamá —le dijo a la fotografía—. Pero, gracias a ti, voy a volver a pintar.

Y Ángela se estremeció al ponerse su camiseta de pintar. Notó subir la emoción desde el estómago al contemplar el lienzo en blanco. Sintió estallar eso que, muy dentro de ella, había vuelto a nacer. Y empezó a deslizar sobre el lienzo su pincel.

Pintaría un retrato de su madre.

Lo colgaría en la entrada.

Y le daría un beso, cada día, al llegar.

Si alguna vez subes a su casa, lo verás. Está justo frente a la puerta y es precioso. Yo creo que lo tiene ahí no solo para darle un beso cuando llega, sino para recordarse a sí misma que es libre por encima de todo. Que puede hacer con su vida lo que le plazca y que puede ser quien ella es y no quien espere nadie que sea.

Si alguna vez subes a su casa, lo verás. Y no temas decirle cuánto te transmite ese retrato a ti también.

El espejo de Miriam

¿Sabes cuando te dije antes que la más coqueta del edificio es Eva? La del segundo D, la del pintaúñas. Pues eso lo sabemos tú y yo, que nos fijamos en los detalles, pero todo el mundo cree que la más coqueta del bloque es Miriam, una chica de veintipocos que vive en el tercero D.

Las vecinas, las más mayores sobre todo, que la han visto crecer, vienen diciendo algo así como que no se pueden creer lo tonta que se ha puesto esta chica con la edad. Lo dicen porque casi cada vez que alguien se cruza con ella la pilla, móvil en mano, haciéndose selfis en cada uno de los espejos de las zonas comunitarias, siempre tan mona como ella va.

Y es cierto que lo hace. Se mira al espejo de su dormitorio cuando se despierta, al del baño cuando se arregla, al de su recibidor antes de salir, al del ascensor mientras baja y al de la portería cuando pasa por delante. Incluso cuando ya está fuera del portal todavía se da la vuelta y termina de mirarse en su reflejo en el cristal de la puerta, no vaya a ser que al bajar el escalón se haya *despeinao*. Qué coquetería, ¿verdad? Hay que ver, esta chica, qué tontería le ha dado con la edad.

Miriam fue un bebé rollizo. Y una niña redondita. Y una preadolescente bastante circular. Probablemente fue ahí cuando la cosa empezó a torcerse: cuando le pidió a su madre que la desapuntara de *ballet* «porque se aburría mucho y prefería ir a clases de Arte», pero, en realidad, le daba vergüenza quedarse en mallas porque sus compañeras se reían de ella. «Ahí viene el espectáculo», decían. «Parece una albóndiga con tutú», se reían. Pasar una hora y media, dos veces por semana, con otra docena de niñas que pesaban la mitad que ella y se movían con gracia delante de un espejo, notando cómo todas clavaban los ojos en sus carnes, aunque tersas, bamboleantes, era más de lo que Miriam podía soportar.

Una vez que se fue a una esquina del vestuario y se escondió detrás de su bolsa para que nadie la viera cambiarse de ropa, una de las otras niñas, delgadita y esbelta como una Bella Durmiente de Disney en los años sesenta, se acercó con sus graciosos movimientos y le quitó la bolsa, dejándola solo con las bragas de Mi Pequeño Pony delante del resto de niñas, animándolas a reírse del «espectáculo» que era la más gorda de la clase.

La madre de Miriam se olió algo de lo que pasaba, pero no consiguió que su hija le contara lo que sucedía de verdad. Así que la pequeña acabó por dejar el *ballet*, y esa fue la primera vez que renunció a hacer algo que quería por tener una forma más redondeada que las demás.

No fue la última.

Entró en el instituto vistiendo ropa varias tallas más grande que la suya, cuanto más grande mejor. Todo lo que pudiera disimular hasta la última de sus amplias curvas. El otoño y el invierno eran sus grandes aliados; los pañuelos de la primavera los estiraba hasta entradas las vacaciones de verano, para que en clase nadie viera una papada que, por otra parte, no necesitaban ver, porque les parecía evidente que debajo del pañuelo no podía haber otra cosa más que un columpio de piel.

Se inventaba excusas para no hacer Educación Física, desde que estaba con un ataque de asma (que en realidad no tenía) hasta que le dolía la barriga por la regla (excusa que usó desde los doce años, a pesar de que la regla le vino a los quince). A veces, cuando no tenía ánimos para inventar una excusa, simplemente no iba a clase. Se bajaba del autobús un par de paradas antes y se iba al parque, a leer toda la mañana. O a dar vueltas por ahí como una zombi, muchas veces comiéndose la cabeza, preguntándose por qué la vida tenía que ser una mierda tan grande.

Todos los cursos, los seis que estuvo en el instituto, hizo esfuerzos por ser la primera en llegar el primer día de clase a su nueva aula, para así poder elegir silla. Necesitaba, necesitaba mucho, coger una silla que no rechinara al sentarse. Porque una silla que rechina lo hace con cualquiera, porque está oxidada. Pero si quien se sienta en la silla es una gorda, entonces, no es que la silla esté oxidada: la culpa es de la gorda, que la va a reventar. En cuarto de la ESO, uno de sus compañeros se dio cuenta del detalle y dio el cambiazo a las sillas. Cuando Miriam se sentó y su asiento emitió un chillido que parecía un grito de socorro, alguien gritó: «¡¡CACHALO-TEEE!!» y la clase entera estalló de risa. Fue muy gracioso para todos menos para Miriam.

No se permitió intentar nada con ningún chico hasta los quince años. De haber podido controlarlo, ni siquiera se habría permitido que ninguno le gustara, para no pasarlo mal viendo cómo cada uno de los chicos que le interesaban se iba con otra, siempre mucho más guapa y, desde luego, más delgada que ella, o eso creía.

Las dos primeras veces que estuvo a solas con un chico se echó atrás en cuanto empezaron a meter la mano bajo su enorme sudadera. No porque no lo deseara (ojalá, pensaba ella, no lo deseara tanto), sino porque no era capaz de gestionar su vergüenza, su miedo al rechazo, su convicción absoluta de que, en cuanto tocaran su carne y supieran lo que había debajo de aquellas holgadísimas capas de ropa, sentirían asco. Dios mío, ¡si las tetas se le posaban encima de los michelines! Se reirían como todo el mundo y pasarían de ella y no la querrían volver a ver. No podría superar una humillación tan grande. Así que se fue, sin más, las dos veces. Dio una excusa, se levantó y se fue a su casa. Las dos veces lloró por el camino.

Pero un día…

Aquí es donde me gustaría decir que, un día, Miriam se miró al espejo y algo cambió en su interior, y decidió quererse. Pero no, no fue así. Ojalá fuera tan fácil como decir: «¡Eh, oye, qué buena idea! A partir de ahora me querré a mí misma», pero es que no estoy segura de que eso funcione así. Por lo menos, no fue así con ella.

Miriam no decidió quererse un día y de pronto todo cambió. Aunque sí que se hartó. De médicos condescendientes que echaban la culpa de cualquier mal a su gordura; de comentarios que le recordaban qué pena estar tan gorda, con lo guapa que tenía la cara; de las dietas imposibles que siempre cedían a la ansiedad; de las dietas milagro que nunca funcionaron; de no salir con chicos; de evitar el sexo en compañía; de seguir dejando que su madre le comprara las bragas y no mirar ni siquiera en el espejo cómo le quedaban, porque volvía a ser esa niña desnuda ante la clase con sus braguitas de Mi Pequeño Pony.

Miriam no decidió quererse, no. Pero estaba hasta el coño. Y dijo basta.

Se desnudó y se miró enterita, de arriba abajo, en el espejo de su habitación. Se dio mucho asco y se volvió a vestir. Pero unos días más tarde una amiga vino a verla y le prestó un rímel nuevo, y Miriam se miró los ojos al espejo y pensó que tenía unos ojos bonitos y que, si no podía querer su cuerpo entero, a lo mejor podía centrarse en las partes bonitas.

Tardó, ¿eh? Fue muy poco a poco en su caso.

En otra ocasión, al volver de hacerse una limpieza dental, subió hasta el tercero mirando sus dientes blanquísimos en el espejo del ascensor; tenía (tiene) una sonrisa preciosa.

Otra vez, se tiñó el pelo con colores de fantasía y no podía dejar de pensar en lo bonito que le quedaba el color azul.

Le gustaba el lunar en su hombro derecho y le parecía que la cicatriz de la cadera, de cuando se había caído de pequeña desde un tobogán, le hacía parecer interesante y era bastante sexi en realidad.

Una primavera se compró dos vestidos cortos con falda de vuelo y le gustó la sensación que le transmitían sus piernas al sentir el viento. Y, aquel mismo verano, se atrevió a comprarse un biquini verde y volver a la playa, que no pisaba desde que había cumplido los diez.

Una tarde, al verse desnuda después de la ducha, cayó en la cuenta de que sus tetas caídas eran grandes y redondas y tenían dos pezones del color de las galletas María. Se imaginó diciéndole a alguien que podía mojarlas en Cola Cao si quería, y le dio tal ataque de risa que a partir de entonces no podía mirar sus pechos sin sonreír.

Se compró ropa interior. No muy atrevida, pero sí muy bonita, perfecta sobre sus curvas.

Y se compró un espejito. Uno de mano de color amarillo que guarda para las ocasiones especiales. Y lo utilizó para depilarse entera y conocer cada una de sus cuevas. Y le gustó lo que vio, y también lo que tocó. Y cuando el pelo volvió a crecer lo miró otra vez y le seguía gustando. Lo que veía, lo que tocaba.

Miriam nunca decidió quererse, pero el día que dijo basta decidió que tenía que hacer algo para dejar de odiarse. Aunque fuera poco a poco. Y tiempo más tarde, mucho tiempo más tarde, de pronto (esta vez sí) un día se dio cuenta de que ya no odiaba su cuerpo. De que le gustaban todas sus partes y, entonces, no quedaba otro remedio, se quería entera también. Muchos años después de sus clases de *ballet*, por fin consiguió reconciliarse con el espejo.

Para cuando Miriam estuvo, por primera vez, con un chico, tenía claro que él tendría que querer su cuerpo, como mínimo, tanto como lo quería ella. Por eso, cuando llegó el día y, después de una noche de cine, cena y risas, al quedarse en bragas en la intimidad del coche de él, su chico le dijo que estaba «espectacular», la reacción de Miriam fue sonreír, mirarse a sí misma, mirarlo a él y responder:

—Lo sé.

Claro, pasar de ver a una niña que vestía como una fantasma, escondida siempre bajo una capucha y tras un pañuelo en primavera, a ver a esta mujer que se abre camino como un ciclón, mirándose en cada espejo para recordarse a sí misma cuánto se gusta, no vaya a ser que se le olvide, pues puede haber a quien le choque.

Pero es que Miriam estuvo mucho mucho tiempo sin querer mirarse, así que tiene mucho tiempo que recuperar.

Cuando la veas pasar, de vez en cuando, no olvides decirle que está… Pues eso: espectacular.

La pancarta de Paz

Quinto B. Ahí vive Paz. La *feminazi*. Treinta y tres años, arrejuntada desde hace nueve con un hombre de su edad y madre de un niño y una niña. Yo creo que es cuestión de tiempo que esta y Paula se vayan de cañas juntas, te lo digo yo.

Paz no se salta una manifestación del 8M, ni del 25N. Es cierto que desde que tiene niños le suele coincidir peor, pero, si no puede participar saliendo a la concentración, cuelga una pancarta morada bien grande en la ventana que se ve desde toda la calle. Por eso la llaman *feminazi*. Por eso, y porque cada vez que se hace un poco mediático algún caso de malos tratos hacia una mujer, así, sin necesitar más datos, enseguida salta a favor de la víctima, y hay gente que eso no lo ve nada bien porque, ¿qué pasa con la presunción de inocencia? Con lo fácil que es exagerar las cosas... Esta mujer ve fantasmas por todas partes. Ahora resulta que cualquiera es un maltratador.

Su ex, por ejemplo, que ella dice que era tan malo, cualquiera que lo conozca puede decir que él no. Él no era un maltratador.

Paz tenía diecinueve años cuando se buscó su primer piso. Llevaba un año saliendo con su novio de por entonces, y a él no le gustó nada la idea de que ella se fuera a vivir sola. No le preocupaba que tomara aquella decisión empujada por unas muy malas circunstancias que escapaban a su control, o que se fuera a sentir sola, o que pudiera pasarle algo. No, no, nada de eso. A él lo que le preocupaba era que ella tuviera un picadero, y le enfadaba la idea de que dispusiera de vía libre para meter en su casa a cualquiera. En menos de una semana, se hizo —sin permiso de ella— una copia de las llaves del apartamento. En menos de un mes, sin preguntar primero, se había instalado también. Paz lo recibió con los brazos abiertos y un saco enorme de comprensión. La situación de él con sus padres era ya insostenible. Él no era un maltratador.

Él tenía un amigo muy inteligente, muy culto y con un sentido del humor brillante. A Paz no le atraía sexualmente, pero disfrutaba mucho cuando quedaban con él y charlaban un rato; le encantaba su conversación. Un día, Paz y el amigo intercambiaron unos libros y, además, estuvieron un rato bromeando, riendo muy fuerte. De vuelta a casa, en el autobús, el novio de Paz no le dirigió la palabra, solo la miraba con desprecio y apretaba la mandíbula. Cuando llegaron a casa, se metió en las redes de ella y borró a su amigo de la lista de contactos.

—¿Te gusta, eh? —le preguntó—. Pues a la mierda.

—Pero ¿cómo que si me gusta? —respondió Paz—. Pero ¿cómo me va a gustar? ¿A qué viene esta tontería?

—¿Tú qué te crees, que yo soy gilipollas? ¿Que no veo cómo lo miras? ¿Que no me doy cuenta de cómo te ríes con él? ¿Eh? ¿Tanto jijí y jajá? Pues se acabó. ¡No lo vuelves a ver ni a hablar con él en tu puta vida, ¿me oyes?! ¡En tu puta vida!

Él se fue alterando cada vez más, hasta que acabó por echarse a llorar. Por alguna razón que Paz no llegaba a entender, su novio se sentía terriblemente inferior a su amigo. La vida y su familia —eso decía él— le habían tratado tan mal que no creía merecer que alguien como Paz le quisiera. Temía perderla. El pobre era muy inseguro. Pero no era un maltratador.

Adoptaron un perro adulto, un cruce de pitbull, que él fue a buscar a la protectora de animales mientras ella estaba trabajando. Lo llamaron Nerón.

La dinámica habitual era que ella trabajaba y él estaba en casa. Bueno, tal vez estuviera fuera. En realidad, Paz no podía saberlo, porque trabajaba desde las nueve de la mañana hasta las once de la noche, de martes a domingo. Un día, llegó a casa después de trabajar y él no estaba. Paz agradeció tener un poco de intimidad, de tiempo para ella. Casi nunca podía ya estar a solas consigo misma. Encendió el ordenador y, automáticamente, el Messenger de él se abrió. Una chica de una ciudad cercana —Paz no sabía quién era— empezó a mandar mensajes un poco subidos de tono. Paz tiró del hilo y descubrió que aquella chica pensaba que él vivía solo y que trabajaba de DJ por las noches; la excusa para desconectarse cuando Paz volvía del trabajo. Incluso le había enviado una foto en la que salía abrazado a Paz y le había dicho que ella era su ex. Cuando él volvió a casa, tuvieron una discusión enorme. Discutían a diario, pero aquella vez fue mucho peor que nunca. De aquella discusión concluyeron que ella tenía que cambiar de trabajo: estaba fuera casi todo el día, casi todos los días. Lo estaba lanzando a los brazos de otra. Así que Paz buscó y encontró trabajo de comercial. Él no era un maltratador.

Ahora no lo haría, pero aquella Paz joven se enamoró de un cachorro en un escaparate y lo compró. Lo llamó Argos.

Cuando llegó el invierno, Paz necesitaba unos zapatos para ir a trabajar. No estaban muy bien de dinero: vivían solo con el sueldo de ella, que por entonces no llegaba a setecientos euros, y cuatrocientos se iban en el alquiler. Él quería comprarse unas deportivas. Fueron a una feria de liquidación de *stocks* con cincuenta euros. Paz se fijó en unos zapatos que podrían servirle y costaban solo veinte euros. Le ofreció a él comprarle unas deportivas que costaban treinta. A él le gustaban otras que costaban cincuenta.

—¡Tú eres una puta egoísta de mierda! —le gritó—. Qué razón tienen mis amigos: eres una puta sargento y una puta egoísta.

—Pero ¿qué dices? —A Paz los gritos la pillaron por sorpresa. Vio a la gente de alrededor girarse para mirarlos—. Te estoy diciendo que podemos comprarte estas de…

—¡Que yo no quiero esa puta mierda! ¡Que me gustan las otras, me cago en Dios!

La insultó y le gritó delante de toda aquella gente que los miraba como si estuvieran viendo un número de circo. Con paciencia, como quien está tratando con un niño, Paz consiguió que entendiera que ella necesitaba los zapatos para ir a trabajar. Él, después de un rato, accedió a que le comprara las deportivas más baratas. Estaba cansado de no tener nunca un puto duro para darse un capricho y había explotado. No era un maltratador.

Aquella misma noche, el cachorro se comió los zapatos nuevos de Paz. Los encontró destrozados por la mañana, al levantarse para ir a trabajar. Lo escondió todo para que él no lo viera, porque era muy violento con los perros. Una vez, había cogido a Argos por la cabeza y le había dado golpes contra la taza del váter. Paz lo había cogido por la espalda para que parara y él la había empujado, tirándola al suelo. Él, claro, no sabía controlarse porque venía de una familia desestructurada; nunca nadie le había enseñado autocontrol. Paz le exigía demasiado. Él no era un maltratador.

La madre de Paz, haciendo un tremendo esfuerzo, le dio veinte euros de su diminuta pensión para que se comprara otros zapatos. Paz no se quitaba de encima el sentimiento de culpa porque pensaba que su madre, en realidad, no estaba pagando sus zapatos, sino las deportivas de él. Lloró. Pero él no era un maltratador.

Una madrugada, cuando ambos volvían andando a casa, empezaron a discutir en la calle. Él se enfadó mucho y, de pronto, empotró a Paz contra una pared. La cogió por el cuello y le dijo que la iba a matar. Paz le había dicho cosas horribles, lo había llevado al extremo. Además, él estaba borracho y, probablemente, drogado. Aquel no era él. Él no era un maltratador.

En Navidad, él consiguió trabajo para la campaña de una juguetería, con posibilidades de continuar después. Lo echaron a las dos semanas por llegar tarde varias veces y, en una ocasión, incluso borracho. Cuando cobró, compró una caja grande de los bombones favoritos de Paz, pero ella no llegó a verla: él se los comió con sus compañeras de la juguetería. Paz se enteró cuando encontró el tique en el bolsillo de la cazadora al poner la lavadora. Lloró de rabia. Era un inconsciente. Quizá (seguramente) infiel. Pero no un maltratador.

Un día, después de dos largos años viviendo juntos, Paz aceptó lo que, en el fondo, sabía desde hacía mucho tiempo: jamás sería feliz con él.

—Vete —le dijo—. Quiero que te vayas de mi casa. Hoy.

Él, creyendo que era un farol, primero amagó con irse, como había hecho muchas veces antes. Al ver que ella no se lo impedía, se enfadó. Luego lloró. Después quiso acariciarla y hablar con suavidad, pero Paz ya no dejó que la tocara.

—Que te vayas —insistió—. Ya.

—¿Ah, sí? —dijo él, con los dientes apretados—. Pues me llevo conmigo a Nerón.

Paz le suplicó que no lo hiciera. En dos años, jamás lo había sacado a pasear si no era para presumir de «perro duro». Nunca lo había bañado, ni lo había llevado al veterinario, ni casi lo había acariciado. Después de dos años, Nerón, que era un buenazo, todavía le gruñía.

—Pero si los dos sabemos que no lo quieres —dijo ella—. Por favor, por favor, si me quieres un poco, no te lo lleves.

—Si quieres que él se quede, me tengo que quedar yo también.

—No me hagas esto, por favor —lloró Paz.

—Si yo me jodo, tú te jodes —fue la respuesta de él.

Paz dudó. Dudó mucho. Quería muchísimo a Nerón.

—Vale —dijo al fin—. Podéis iros los dos.

El hermano de él fue a buscarlo en coche. Paz los vio alejarse desde la ventana. Se llevaban a su perro. Lloró. Él la quería de verdad y no quería perderla. El pobre había sacado todas sus armas para intentar conservarla. Él no era un maltratador.

Un mes más tarde, fueron juntos a la boda de unos amigos. No les dijeron que ya no eran pareja porque no querían estropear la celebración. Durante la cena, entre copas y risas, él intentó reconquistar a Paz. Ella, entre copas y risas que se iban haciendo cada vez más tensas, lo fue rechazando. Después de la cena, todos fueron a una discoteca. A poco menos de un kilómetro de la casa de Paz. Él estaba un poco borracho. Quiso ligarse a una chica de vestido amarillo que lo mandó a la mierda. Muy enfadado, y muy borracho, volvió a acercarse a Paz y empezó a hostigarla para que le diera otra oportunidad. Ella ya no quería estar allí y se quiso ir. Era ya de madrugada. Él insistió en acompañarla.

—No te vas a ir sola andando a estas horas —le dijo.

—Quiero ir sola, ¿vale? Déjame.

Él insistió cada vez con más hostilidad, ella lo siguió rechazando y, de repente, sin saber bien cómo había pasado aquello, Paz estaba corriendo; huyendo de él, que la amenazaba con matarla si la alcanzaba. Paz corrió. Corrió con todas sus fuerzas. Él corría detrás, afortunadamente menos ágil por culpa de —tal vez gracias a— el alcohol. Paz gritó mientras corría. Gritó al pasar por la parada de taxis. Nadie la ayudó. La miraron como si estuviera loca, como si aquello fuera solo una riña de enamorados. Cuando entró en su portal respiró y se creyó a salvo, hasta que él llegó y, de un puñetazo, rompió el cristal de la puerta y metió el brazo para abrir la cerradura desde dentro. Paz, nunca consiguió recordar cómo, llegó a su casa, entró y echó la cadena. Él llegó a la puerta, justo detrás, llorando.

—Me he cortado —balbuceó—. Estoy sangrando. Por favor, ayúdame. Déjame entrar a lavarme y me voy, te lo prometo.

Paz se sentó en el suelo, con la espalda contra la puerta. Argos ladraba.

—¡Vete al hospital! —gritó ella.

Paz llamó por teléfono. Escondió la cabeza entre las piernas y rezó para que la puerta aguantara las patadas hasta que llegara la policía. Llegaron cinco minutos después de que él se rindiera y se largara.

—No podemos hacer nada si no hay denuncia —dijo uno de los agentes—. ¿Quiere usted interponerla?

Paz no lo denunció. Nunca olvidaría la mirada que cruzaron los dos policías que estaban en su puerta. Como de «otra que no». Como de «otra que se está enterrando». Pero es que no lo entendían, no lo conocían como ella. No podía denunciarlo, porque él había tenido mala suerte en la vida, pero no era un maltratador.

Cuando los vecinos preguntaron, al día siguiente, por los cristales rotos, Paz fingió no saber nada. Se moría de vergüenza. Era culpa suya. Había sido ella.

Es difícil de creer, pero, después de aquella noche, Paz se volvió a acostar con él. Porque volvió a ser el chico del que ella se había enamorado y estaba segura de que, después de lo que habían pasado, de verdad sí que iba a cambiar para estar con ella. Pero una noche, borracho y despechado por verla bailando con otro, le dijo que se olvidara de él. Y, por misterios de la mente, Paz, en aquellas palabras, encontró por fin la libertad. Nunca lo dejó volver a acercarse a ella.

Un año después, Paz empezó a salir con el que hoy es el padre de sus hijos. Entonces aparecieron las pesadillas. Sueños en los que nunca había dejado a su ex, en los que su novio no existía y todavía estaba con el otro. En los que su ex amenazaba con matar a su novio si no lo dejaba para volver con él. Sueños que la hacían despertarse llorando. A veces, incluso gritando. Pero las pesadillas, poco a poco, fueron yendo a menos. Como un tarro de miel que se vuelca y se

vacía de contenido lentamente. Eso eran las pesadillas: go-
tas de miel cayendo. La última la tuvo hace un par de semanas: soñó que su pareja nunca había existido y que su ex era
el padre de sus hijos. Antes de despertar, deseó morirse cien
veces. Antes de despertar, se planteó matar a sus hijos, para
que él no pudiera hacerles daño, y matarse ella después. Al
despertar, aliviada, lloró.

Un buen amigo de Paz todavía lo tiene a él entre sus
contactos de Facebook. Lo tiene ahí porque siente debilidad
por él, porque le da pena. El pobre ha tenido muy mala suerte en la vida. El pobrecillo lo pasó fatal cuando Paz lo dejó.

Hace once años que Paz lo sacó de su vida. Y todo esto
es absurdo. Esta enorme parrafada, esta tontería de las pesadillas… Paz debe de estar loca. Cualquiera podría decir —él
seguro que el primero— que él jamás le pegó. Porque él,
bueno, seguro que ya te has dado cuenta… Él no era un
maltratador.

La canción de Carmen

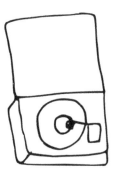

¿Te gusta la música? ¿Tú sabes reconocer cómo suena un tocadiscos? De los de vinilo. ¿Sabes cómo suena?

La señora Carmen vive en el cuarto A. No sé si te lo he comentado: las ventanas de las cocinas de las puertas A y B dan para el patio; las de las puertas C y D, para la calle. Son las que tienen las terrazas. Total, que la señora Carmen vive en el cuarto A y su cocina da para el patio que, pues como todos los patios, tiene una barbaridad de eco.

Normalmente por el patio solo se oyen voces y ruidos, pero, a veces, se oye una musiquita suave y agradable de un tocadiscos. Una canción lenta y sencilla que huele a viejo, la reconocerás enseguida. Pues esa canción, cuando la oigas, vendrá de la ventana de Carmen. Que fíjate que yo, la primera vez que la oí, pensé que menuda cosa más

antigua, que qué triste ha de ser andar viviendo así, de re-
cuerdos.

Carmen tuvo muy pocas cosas cuando era niña, allá en
los años cincuenta. Y, aunque ella todavía no lo sabía, serían
muy importantes porque muchos muchos años más tarde,
Carmen no se acordaría de todas las cosas que no tuvo, sino
que recordaría lo poquito que tuvo y perdió.

Hay que entender que Carmen vivía en una familia extremadamente humilde. Bueno, seguro que ya te has dado
cuenta del eufemismo: «extremadamente humilde» es la forma dulce de decir «exageradamente pobre». Como si quisie-
ras hacerla protagonista de una postal navideña o convertirla
en compañera de fatigas de Oliver Twist.

Los juguetes de Carmen consistían en cualquier cosa
que pudiera encontrarse en la calle y dejarse igualmente ti-
rada al terminar de jugar. Piedras, palos, hierbas, pedazos de
pizarra desprendida de los tejados de las diminutas casas
de su pueblo. Cosas así.

La pequeña de tres hermanas, toda su ropa fue siempre
heredada. Tampoco importaba que fuera heredada, porque
además de la pequeña era, con diferencia, la más intensa, la

más emocional y la más irreverente de las tres, y no era raro que destrozara un vestido el primer día. Como aquel que con tal mala suerte se enganchó en un poyete cuando ella iba a saltar desde las alturas, haciéndola caer de morros y romperse la nariz.

Una vez, cuando tenía cinco años, a Carmen le regalaron un muñeco. El único que tuvo en toda su infancia. Un auténtico muñeco Pimpón, ya sabes cuál, ese que es «muy guapo y de cartón». Se lo dieron envuelto en papel de estraza y, cuando Carmen abrió el paquete y vio el divino contenido, su cara se iluminó y se sintió la niña más afortunada del mundo. Más incluso que Adelita, la hija de los de la casona de la cuesta, que cada primer domingo de mes llevaba a misa una muñeca nueva, de esas con vestidos de raso y de tul. Ella no necesitaba esas muñecas repolludas. No le daba envidia Adelita. Ella tenía su muñeco Pimpón, muy guapo y de cartón. Y si lo estás pensando, has acertado: lavó su carita con agua y con jabón. Tal como decía la canción. Y Pimpón se deshizo en las manitas de Carmen. Y Carmen, la intensa, emocional e irreverente Carmen, lloró. Lloró mucho, porque nunca había tenido un juguete que fuera suyo, uno que no formara parte de la calle que era de todos, y ella lo había roto nada más recibirlo. Y su madre (que había ahorrado dinero del sueldo del marido durante meses para comprarle aquel muñeco a su hija pequeña) la abrazó y le dijo que no se preocupara, que solo era un muñeco y que a lo mejor, más adelante, podían comprar otro. Carmen se acordaría siempre de ese muñeco.

Otra vez, cuando tenía seis años, pudieron permitirse cebar un cerdo (los cerdos son muy agradecidos para comer, se tragan cualquier porquería que uno tenga a bien dejar a su alcance) y, cuando ya estaba aceptablemente gordo, su madre lo fue a vender a un *mercao* y, con el dinero, compró tres piezas de género diferentes para hacerles tres chaquetones nuevos a sus hijas que pudieran estrenar el Domingo de Ramos para ir a la iglesia. Aquel chaquetón fue la primera prenda que Carmen estrenó en su vida. Se prometió cuidarlo y conservarlo para siempre. Pero quiso la suerte que, aquel Domingo de Ramos que estrenaban sus abrigos, un fotógrafo ambulante pasara por el pueblo y los padres de Carmen decidieran hacer el esfuerzo de pagar una foto de su hija pequeña, que estaba tan bonita con su nuevo chaquetón azul. A alguien le pareció que sería buena idea que la pequeña sostuviera un pato en brazos para la estampa, porque sería una imagen muy tierna. El pato, por su parte, no parecía tener ganas de protagonismo, porque se hizo caca sobre el abrigo recién estrenado de Carmen. Y Carmen, la intensa, emocional e irreverente Carmen, lloró. Lloró mucho, porque era la primera vez en su vida que estrenaba algo y aquel pato se había cagado encima de su chaquetón. Y su madre, que había renunciado a su cerdo para hacer aquel abrigo, la abrazó y le dijo que no se preocupara, que podían limpiarlo y que solo era un chaquetón. Carmen se acordaría siempre de ese abrigo. Y de ese pato.

Tiempo después, cuando tenía Carmen siete años, su madre falleció. Ya estaba malita cuando vendió aquel cerdo e hizo el chaquetón. Un cáncer. Un tumor en el útero que, ya hacia el final, tenía el tamaño de un balón. También se acordaría siempre Carmen de que el médico cobraba veinticinco pesetas de entonces y que su madre solo había podido ir una vez porque, ¿recuerdas?, eran *extremadamente humildes*. No dejaron a Carmen asistir al funeral. Se quedó en una ventana de la casa de su abuela paterna, en un recodo del camino que separaba Miñagón y Serandinas, viendo un cortejo fúnebre que, en una caja a hombros, se llevaba a su madre para siempre. Y Carmen, la intensa, emocional e irreverente Carmen, lloró. Lloró mucho, más que nunca, aquella vez.

Y lloró mucho, muchas veces después. Cuando se caía y se hacía daño, cuando rompía alguna cosa, cuando estaba triste porque echaba de menos a su madre. Pero sus tías, que se hacían cargo de ella, no la abrazaban cuando lloraba: la reñían.

«No hay que llorar».

«Hay que ser fuerte».

«No se llora, Carmen».

«No es para tanto».

«¡Cállate ya!».

Y entonces la intensa, emocional e irreverente Carmen se escapaba de casa, subía a un camino alto, desde ahí saltaba al tejado de una cuadra y allí miraba al cielo y recordaba una canción:

Hay una ventana en el cielo
que está iluminada con luz celestial...

Y lloraba.

Y de vez en cuando por ella
asoma mi madre su rostro ideal...

Y Carmen buscaba la ventana, pensando que si su madre estuviera allí la abrazaría y la entendería. No como las putas de sus tías, que hasta la obligaron a hacer su primera comunión vestida de negro como un cuervo. Durante años Carmen subió a aquel tejado a buscar la ventana. Y, durante toda su vida, Carmen se acordaría del estribillo de esa canción. Aunque, con el tiempo, olvidó la melodía. Y, con el tiempo también, terminó por aprender que no hay que llorar.

Al convertirse en adulta, Carmen le enseñó muchas cosas a sus dos hijas, y una de las más importantes fue que no se llora.

«No hay que llorar, hay que ser fuerte. La gente fuerte no llora. Así que no lloréis».

Las hijas de Carmen crecieron convencidas de que eso era verdad. Pero cuando la pequeña (la más intensa, emocional e irreverente de las dos), ya adulta, quiso desaprender lo mal aprendido, se dio cuenta de que no era cierto. Aprendió que llorar es bueno, porque las lágrimas arrastran el dolor hacia afuera. Y el dolor que no sale fuera cae por dentro y hace daño en el corazón. Y, a veces, ese daño es irreparable. Y, convencida de que ser fuerte no tiene nada que ver con reprimir las lágrimas, se permitió llorar. Y se enfadó con su madre por haberle enseñado mal, por haberle mentido, por no dejarla ser en toda su emoción, en toda su intensidad.

Lo que pasa es que a veces la vida es caprichosa, y la hija pequeña de Carmen tuvo una hija también. Tan intensa, tan emocional, tan irreverente como ellas dos. Y sucedió el milagro. La hija de Carmen miraba a su hija y no se veía a sí misma: veía a su madre, esa niña en un tejado a quien no le permitieron llorar.

Así que la pequeña de Carmen buscó en la magia de los portales de coleccionismo de Internet hasta que lo encontró. Compró ese disco de vinilo que tenía más de sesenta años y un tocadiscos moderno y sencillo (de ninguna manera podía ser algo complicado de manejar). Lo envolvió y se lo regaló a su madre por Navidad.

Carmen vio primero el tocadiscos y no entendió. Y luego vio el disco y tampoco porque, a ver, «¿Quién coño son Los Montejo y por qué me regala la niña un disco viejo?». Hasta que sus ojos se posaron en el título de la última de las cuatro canciones: *Hay una ventana en el cielo.*

Sus labios temblaron un poquito, dejando asomar un «no puede ser», mientras su hija ponía el disco en el tocadiscos. La canción empezó a sonar, con ese sonido de galletas recién horneadas, de pan recién hecho, que tienen los discos de vinilo. Y Carmen, la intensa, emocional e irreverente Carmen, lloró. Lloró mucho, porque volvió a tener siete años y recuperó una melodía que creía haber perdido para siempre. Y su hija la abrazó.

—Tranquila, mamá, que puedes llorar —le dijo—. Hoy, si tú quieres, podemos llorar las dos.

Carmen recuerda con la música porque ahora puede recordar, y lo hace de manera distinta a como lo hacía antes. Es verdad que no pone mucho el disco. Primero porque no entendía muy bien el tocadiscos, por muy simple que fuera; después, porque cada vez que escucha la canción, no puede evitar llorar un poco. Y le sigue costando permitirse llorar.

Supongo que hay cosas que, si las tenemos aprendidas muy en lo profundo, luego son más difíciles de ignorar.

A veces, cuando suene la canción, algún vecino vendrá a protestar y te pedirá que le digas que baje el volumen, que molesta. Pero no lo hagas. No dejes que nadie lo haga. Protégela. Cuida su canción. Porque si algún día la escuchas, y aunque ella crea que no puede hacerlo, estará llorando, ya te digo yo que llora. Y es bueno que llore, y hay que dejarla llorar. A ella y a todas.

Tengo que confesarte una cosa: lo cierto es que —espero que me puedas perdonar— es posible que en algunas de estas historias me falte información. Todas son ciertas, ¿eh? Aunque, donde tenía algún huequecito vacío, puede que haya metido algo de fantasía, por aquello de darle un poco de color. La vida es un poco eso, ¿no? Tú sabes lo que ves y, lo que no, pues te lo tienes que imaginar. Pero tú hazte a la idea de que son completa y absolutamente ciertas y, cuando veas a una de tus nuevas vecinas, trátala como se merece, como la protagonista de la historia que, secretamente, seguro que esconde detrás.

Te diría que este edificio es especial, pero la verdad es que no lo es. Bueno, para mí sí, porque es el mío. Aunque en realidad todos lo son, porque todos están llenos de mujeres con historias que contar. Las hay alegres y livianas. Las hay tristes y las hay muy duras. Pero todas tienen algo en común: todas son absoluta y maravillosamente cotidianas. Todas tienen algo que enseñar. Y, sobre todo, todas son nuestras. Y por eso son historias fabulosas.

Te confieso otra cosa: te dije que dejarte este manual era un favor que te hacía, pero en realidad nunca ha sido por ti. Es por ellas. Cuídalas mucho, que se lo merecen. Hazlo como te gustaría que el mundo cuidara de ti, si el mundo conociera la historia que seguro que escondes tú.

No sé cuánto tiempo vas a estar aquí, y ya sé que dije que no soy de dar consejos, pero déjame que te dé otro: aquí, y en cualquier parte, mira a las mujeres a tu alrededor y aprende todo lo que puedas, porque yo estoy convencida de que no podemos ser una sin ser todas a la vez.

Yo creí durante mucho tiempo que sabía mucho cuando supe todo esto. Pero no. El verdadero aprendizaje llegó cuando entendí que no tiene por qué haber un motivo detrás de cada cosa que hacemos. Que las mujeres llevamos demasiado tiempo dejando que se nos diga qué podemos o no podemos hacer; qué tenemos o no tenemos que ser. Que, durante demasiado tiempo, nos hemos tragado esa mierda de que el peor enemigo de una mujer es otra mujer.

No dejes de mirar bien las cosas, ¿recuerdas? Los detalles. Porque yo te he hablado aquí de estas, mis mujeres. Las que yo conozco y he aprendido a querer. Pero estas se irán y llegarán otras que también se merecerán que se las quiera como son. Ese será tu cometido y puede que, con suerte, el legado que, como yo, le dejes a la que llegue después de ti. Entre nosotras, entre mujeres, somos más fuertes cuando nos escuchamos; todo es más fácil cuando nos sostenemos.

Y acuérdate también de que, cuando tú necesites algo, ni lo dudes: piensa en ellas. Porque no serán perfectas, pero te aseguro que, sin importar lo que te pase, nadie te va a entender como lo harán ellas.

Agradecimientos

En este libro aparecen veinte historias reales (ya sabéis, con un poquito de color) de veinte mujeres absolutamente ciertas que tienen algo en común, aunque no es un edificio. Ese algo en común soy yo.

No puedo cerrar la última página sin darles, a todas y cada una de ellas, las gracias por vivir sus historias y permitirme contarlas aquí. Gracias a todas: a las que permanecen anónimas, a mi vecina Lina, a mi prima Marisa, a mi amiga Vanesa con una sola ese y, en especial, a mi madre Carmen, que me descubrió la belleza de las historias cotidianas de las mujeres. Nuestras historias fabulosas.

Y gracias, Aine, hija mía, por tu arte y por los preciosos dibujos que has hecho para este libro que ya no es mío, sino que ya es nuestro. Que ya es del mundo.

Printed in the USA
CPSIA information can be obtained
at www.ICGtesting.com
JSHW020429211024
72021JS00001B/3